W0293875

MON RÉVEILLON
AVEC LE DERNIER DES CHIENS

Olivier Bardolle

MON RÉVEILLON AVEC LE DERNIER DES CHIENS

roman philosophique

Éditions Ramsay

Tant que l'on peut donner,
on ne peut pas mourir.

Marceline Desbordes-Valmore

Je hais les réveillons. Je ne sais pas ce que je fais là, ce soir, 31 décembre 1999, à deux pas de la place de l'Opéra, coincé dans un embouteillage qui paralyse toute la rive droite. Voilà plus d'une heure que je poireaute devant un feu affolé qui clignote désespérément à l'orange comme une balise en pleine tempête. J'ai dû avancer de vingt mètres en dix minutes. Jamais vu autant de bagnoles. Quelle folie ! Ce spectacle est affligeant. Au lieu des catastrophes millénaristes redoutées par les uns, ou de l'explosion de joie populaire espérée par les autres, il semble que tout se soit arrêté, englué dans une marée poisseuse. Les gens, les voitures, le temps. Il est 21 heures.

Je viens de Neuilly. Une semaine plus tôt, j'avais prévu d'organiser chez moi une soirée pour célébrer avec des potes l'avènement du nouveau siècle. J'ai laissé tomber le projet. Ces bamboulas sur commande m'ennuient. J'en ai fait le tour. Surtout, je suis fatigué. Fatigué de tout. Je bosse comme une brute dans l'agence de pub que j'ai fondée il y a cinq ans. Ma boîte s'appelle Xanadu. Xanadu, tu parles ! Mon boulot consiste à persuader les gens d'acheter des produits dont je ne sais rien, dont je n'ai vérifié ni la teneur ni la qualité ; des raviolis sauce bolognaise, des yaourts, des mouchoirs en papier, des téléphones portables, des protège-slips, un vrai bazar ! Je me paye le luxe d'être indépendant, mais à quoi me sert cette indépendance ? Je n'ai pas le temps d'en user, et n'ai pas d'autres projets que de remplir mon compte en banque. On parle de ma réussite financière. Foutaise. À la vérité, je n'ai d'appétit à rien. Je tourne en rond dans un monde où tout s'achète : l'amour, les idées, l'art, vous, moi. J'invente des slogans idiots pour des annonceurs cupides qui me demandent de ne pas prendre les gens pour des cons et qui ne se gênent pas pourtant pour les traiter comme des souris de laboratoires à l'aide de tests d'une débilité pitoyable. Après ça, le bon peuple sort son chéquier, sa carte bancaire, et s'endette pour acheter des objets inutiles, tout un tas de bricoles invraisemblables supposées lui donner un puissant sentiment d'existence. Curieusement, depuis que je m'ennuie, je fais de bonnes affaires, alors qu'au temps où j'étais exalté je me mettais toujours dans des situations inextricables par excès d'optimisme. L'ennui donne du sang-froid aux hommes d'affaires, c'est pour cela que les riches ont toujours l'air triste, par souci d'efficacité, pour faire prospérer le magot. Bon, prudence quand même, il va falloir que je me surveille, parce que si je continue à me chauffer la tête et à ironiser sur le système, je vais devoir bientôt me licencier moi-même, et puis, ma délicieuse assistante, mes douze créatifs et ma belle brochette de commerciaux haut de gamme, ces bébés requins ne comprendraient pas, ils sont encore trop jeunes. Ah, il est loin le bon temps. Dans les années quatre-vingt, la pub avait la cote. Persuadés d'avoir affaire à des devins et convaincus que leurs couches-culottes méritaient le meilleur traitement, les P-DG payaient rubis sur l'ongle d'exorbitants tributs à la nouvelle caste des pisseurs de slogans censés les porter au pinacle de la haute finance et de la jet-set. Aujourd'hui, tout ça est bien fini. Le pubard n'est plus roi. Les annonceurs ont fait le point entre le coût immodéré des prestations qu'ils engagent et le bénéfice réel qu'ils en tirent. Performances et rentabilité obligent. Ils ont compris que les chefs, c'étaient eux, et non pas leurs veules débiteurs de calembours tarifés. Qu'il leur suffit de menacer de supprimer un budget de pub pour avoir les médias à leur botte. Du coup, ils règnent sans partage. Et nous, les vendeurs d'idées en boîte, nous voilà remis à notre place : celle des valets. Juste retour des choses. Je ne vois pas comment le règne de l'idée sans idéal pourrait nourrir longtemps, à défaut de cervelles, l'économie d'un pays.

J'ai quarante-cinq ans, je fais ma crise, c'est normal. Je suis un vrai cliché ambulant : l'entrepreneur dynamique qui a lancé avec succès un nouveau concept d'agence créative en persuadant des banquiers lunatiques de sa capacité à « réinventer le langage publicitaire » et à « fidéliser les annonceurs ». La vérité, c'est que je suis un vieillard avant l'âge, qui n'a pas eu la queue d'une idée neuve depuis des lustres. J'ai perdu la foi, je fais semblant, je garde le teint bronzé toute l'année, et je branle du chef dans des réunions interminables en prenant l'air inspiré de celui qui sait. En fait, j'ai les mains moites, et le poids de l'ennui alourdit mes paupières au fil des heures. Heureusement, je suis un as du carnet d'adresses et du lobbying. Une semaine à Saint-Tropez, un week-end dans mon chalet de Courchevel avec le dircom, et les contrats s'empilent quand même.

Mais quel vide ! Dans quelle impasse me suis-je fourré ! Lucie, lucide, est partie il y a trois mois sans me laisser d'explications. Cinq ans de mariage. Je ne sais même pas si je la regrette. Elle était plutôt distante, agressive, ces derniers temps. Elle doit s'envoyer en l'air avec un type plus excitant que moi et surtout plus excité. Parce que, de ce côté-là aussi, c'est la panne. Mes amours... Quand je prononce ce mot, j'ai l'impression d'être vulgaire. Au petit matin, à l'heure du café, j'aimerais bien qu'elles déguerpissent, mes prétendues conquêtes. Elles me gênent, me fatiguent. Elles sont obsédées par l'idée de rencontrer le prince charmant, et moi je ne joue plus dans cette catégorie. Je n'ai plus le goût des promesses intenables et des illusions toujours recommencées.

C'est donc avec mollesse que j'ai accepté de me rendre à une sauterie réveillonnesque, organisée par un ami d'enfance, Alain Maillard. Un professionnel de la pub, lui aussi, il produit des trente-secondes à deux cents briques pièce. Il paraît qu'il y aura « tout le monde ». Tout le monde, c'est-à-dire personne. Les inoccupés habituels, des *pipoles* qui vont se croire obligés d'échanger les sempiternels potins parisiens pendant toute la nuit. Comme si cette affaire de numérotation calendaire avait un sens. Ce n'est pas l'avis d'Alain. Il veut ressentir en groupe le grand frisson du passage au XXIe siècle, c'est son côté Tintin. Il a convié à sa réception tous les riches désœuvrés de service qui vont se murger la gueule et se trémousser sur des rythmes technos. Ah, ils me sont familiers, ces nantis angoissés. Ce sont des frères de lait en quelque sorte, on a tété la même mamelle de la réussite vaine et abusive. Je les vois tomber tous les jours comme des mouches.

Hydrocution dans la piscine, overdose de coke maquillée en infarctus du myocarde, cancer du poumon. Je me demande quel bilan ils dressent, à la cinquantaine, affalés, paniqués sur leur lit de douleur. Qu'en ont-ils fait, de leur vie ? Ils n'ont eu de cesse de conforter leur position sociale avec avidité, et si nécessaire au détriment d'autrui... Et les autres, les fameux « intellectuels de gauche », je les connais bien aussi, ces petits rebelles en dentelles, profanateurs de salons, amateurs de grands crus, trousseurs d'héritières, pérorant sur la « société du spectacle » et ravis d'être invités au Festival de Cannes où ils pourront faire valoir leur fonds de commerce d'iconoclastes patentés. Toujours les mêmes, toujours borderline, jouisseurs de l'ambiguïté, se gardant bien de se commettre dans quoi que ce soit de constructif, fuyant toute responsabilité comme la peste, dandys de l'inutile, puérils et paresseux, ils ne ratent jamais une occasion de se goinfrer de canapés au foie gras en fustigeant les riches capitalistes. Cette petite engeance qui a proliféré à Saint-Germain-des-Prés dans les années soixante-dix a tenté de prolonger jusqu'à la nausée les errements soixante-huitards. Ce soir, ils seront toujours là, vieux gamins dévoyés et ricaneurs, à me regarder en coin, moi, le riche publicitaire, le dernier burgrave d'une époque révolue. Non, décidément, je n'ai pas faim, je n'ai pas soif, je n'ai envie de rien, de rien, de rien.

Pour l'instant, j'aurais plutôt envie de dormir ici, bien calfeutré dans mon caisson capitonné — une Mercedes flambant neuve, noire, que j'ai achetée il y a deux mois. Une fusée. 260 kilomètres chrono, pied au plancher. J'adore la vitesse. Et je suis là, boulevard des Italiens, à me traîner comme une limace. Quelle dérision. Je somnole à moitié au volant, engourdi par le ronron du moteur et le sifflement de la ventilation. Sur le siège passager sont empilés, pêle-mêle, des cadeaux empaquetés — du foie gras, des flacons de parfum, diverses babioles. Un magnum de champagne est couché sur deux volumes des œuvres complètes de Nietzsche. Pour me distraire, je lis quelques aphorismes de *Par-delà le bien et le mal*. Mais, dans les bouchons, Nietzsche n'est pas divertissant et mes paupières s'alourdissent.

Je médite vaguement une pensée profonde de mon auteur favori quand un choc à l'avant me fait sursauter. Un vieux tocard juché sur un vélo pourri vient de heurter le capot de ma voiture. L'incident semble sans gravité, mais je dois quand même quitter la tiédeur de l'habitacle pour aller constater les éventuels dégâts. À coup sûr, je vais m'exposer à la vindicte des badauds, il y en a qui voudront jouer les témoins. Il en traîne toujours quelques-uns qui ont du temps à perdre, de l'ennui à chasser, de la hargne à libérer. Et puis, il va falloir endurer la mauvaise humeur du quidam renversé, qui n'a pas l'air radieux.

Sans prêter attention à son vélo couché dans le caniveau, le bonhomme, déjà sur ses pieds, se désole de la perte de sa bouteille de vin, brisée sur la chaussée. Sans doute un ivrogne. Comme je ne suis pas pressé d'arriver à destination pour me faire recouvrir de confettis, c'est avec lenteur, mon bouquin à la main, que j'aborde le grincheux. Il n'y a pas matière à constat : le vélo est intact, et mon capot ne présente pas la moindre éraflure. Une bonne poignée de main et quelques billets de banque devraient mettre un terme à l'affaire, mais le vieillard irascible ne l'entend pas de cette oreille et se met à m'engueuler copieusement, d'une voix grave qui porte loin. Il est massif, barbu, moustachu, et arbore une crinière blanche en broussaille. Difficile de lui attribuer un âge. Soixante, soixante-dix ans ? L'alcool a dû le vieillir prématurément. Mais il y a dans son regard une vivacité et une malice qui pétillent et contrastent avec son allure négligée. Il est enveloppé dans un vieux pardessus gris à chevrons déchiré de partout et ceinturé par une ficelle.

Je lui présente mes excuses et lui tends trois billets de cent francs. Il les empoche, ce qui ne l'empêche pas de vociférer :

— Ah non, vous n'allez pas vous en tirer comme ça ! Trop facile de filer à l'anglaise et de me laisser sur le pavé avec une poignée de billets. Qu'est-ce que c'est que ces manières ? Il y a eu rencontre, et même renversante, non ?

Je vois une rangée de dents très blanches émerger de la barbe. Voilà qu'il sourit, l'air finaud. Puis il me lance, tout à trac :

— Vous avez l'air pressé. Où allez-vous

comme ça ? À un réveillon, sans doute, cotillons et serpentins... Monsieur renverse les vieux et ça ne l'empêche pas d'aller se divertir...

Il parle si fort qu'il a l'air de vouloir prendre à témoin le ciel, faute de passants. Quand les gens ont constaté que personne n'était blessé, ils ont continué leur chemin.

Je proteste :

— Mais c'est vous qui vous êtes fracassé sur mon capot ! Que voulez-vous que je fasse ? Je ne vais pas entamer une polémique avec vous sur les bonnes manières ! J'ai d'autres chats à fouetter. Apprenez plutôt à faire du vélo, mon vieux !

Le bonhomme prend un air franchement outré.

— Laissez les chats tranquilles et cessez de me traiter comme un chien !

Je tente de garder mon calme et demande posément :

— Qu'est-ce que vous voulez de moi, au juste ? Des leçons de conduite sur le trottoir ?

— Non, mais moi, je pourrais bien vous donner des leçons de savoir-vivre. Qu'est-ce que vous imaginez ? Qu'on peut expédier un pauvre diable comme moi avec quelques fifrelins ? Je n'ai pas le plaisir ni l'envie de vous connaître mais, si quelqu'un a besoin de leçons, c'est bien vous, monsieur ! Vous êtes un irresponsable.

Décidément, c'est le monde à l'envers. Je ne me prive pas de le lui dire. Il me rétorque :

— C'est vous qui vivez la tête à l'envers. Vous avez beau tenir à la main les œuvres de Nietzsche, vos poses d'intellectuel ne m'impressionnent pas. Regardez-vous, avec votre belle autorité de surface, au volant de votre carrosse ! Vous vous baladez avec un bouquin formidable mais, quand vous êtes confronté au monde réel, quand vous renversez un vieux et lui cassez sa bouteille, vous ne le voyez pas, vous ne le regardez pas, vous ne l'écoutez pas. Il dérange votre petite vie bien réglée. Le grain de sable... Vous ne pensez qu'à retrouver au plus vite le cours insipide de votre existence surfaite... Tenez (il me tend mes billets), reprenez votre argent, je n'en veux pas. Je n'accepte rien de ceux qui considèrent les autres comme des déchets. Je préfère vous laisser à vos signes extérieurs de richesse, aux livres que vous ne savez pas lire, à votre compte en banque, à votre réveillon et à vos illusions !

Je révise ma position. Ce type me trouble. Il paraît sûr de lui. Il ne possède sans doute pas grand-chose, mais cela ne semble pas le gêner. Je jurerais même qu'il en tire de l'aplomb. Il m'intrigue. Je le retiens alors qu'il tourne les talons.

— Ne partez pas ! Je vous prie d'accepter mes excuses. Je me suis conduit comme un imbécile, vraiment désolé !

Voilà que je me mets à bredouiller. Cette aventure devient bizarre. Mon clochard s'est retourné et me regarde fixement, l'œil rond. Une idée me traverse l'esprit. Quand je la formule, elle m'étonne moi-même.

— Je vous propose une chose. Voilà. Je gare la voiture et, si vous êtes d'accord, je vous invite à prendre un verre. On fera un brin de conversation. Qu'en pensez-vous ?

— J'espère que vous en avez, de la conversation, sinon vous allez aggraver votre cas ! Mais je vous préviens, je suis bavard et, quand je bavarde, j'ai soif !

Il rit franchement. Je m'enhardis.

— Comment vous appelez-vous ?

— Bah, peu importe. Appelez-moi Eugène, tiens. Ça sonne bien, Eugène, c'est joyeux, ça ira bien pour la conversation...

Je n'ai aucun mal à me garer : un automobiliste libère une place sur le boulevard au moment même où je remonte dans mon véhicule. Un soir pareil, cela tient du miracle.

Mon invité a rangé avec soin son vélo contre un réverbère et m'attend sur le trottoir. Je le rejoins et lui propose d'aller au Grand Café de l'Opéra, à une centaine de mètres.

Le bar est envahi par une foule de crétins qui attendent minuit en picolant. J'entraîne mon compagnon au fond de la salle et nous nous asseyons face à face sur une banquette de velours ocre. Nous formons un drôle de couple, moi parfumé, cravaté, le cheveu gominé, lui attifé à la diable, chaussé de godillots sales, et dégageant une vague odeur de chien mouillé. Qu'est-ce que je fous là, il est déjà 21 h 30, à bavarder avec ce vieillard inconnu alors que je suis attendu à la plus folle soirée de Paris ? Je me rassure en songeant que notre conversation ne durera que quelques minutes. Je l'engage donc avec distance et une certaine ironie.

— Alors, Eugène, question à cent balles, qu'est-ce qui mène le monde, d'après vous : le sexe ou l'argent ?

— Ni l'un, ni l'autre, c'est la vanité !

— Vous répondez vite, vous aimez la vitesse…

— Non, je suis même plutôt lent, lent mais inexorable.

— Et pas vaniteux avec ça !

— Non, je suis orgueilleux. En définitive, c'est plus grave, on n'en guérit pas, ça peut vous faire crever sur place à tout moment.

— Vous n'avez peur de rien ?

— Bah ! J'ai à peu près peur de tout, comme tout le monde, ce qui importe c'est de surmonter la peur, on appelle ça le courage.

— Et vous êtes courageux ?

— Je m'y efforce. Je tâche de résister à la compromission, aux petits arrangements. En fait, je peux rompre, vous laisser en plan, mais je ne dévie jamais, je ne compose pas avec ma conscience. Je n'ai qu'elle dans la vie. C'est le propre des démunis.

— Et, bien sûr, les riches, eux, n'ont pas de conscience…

— Ils ont une conscience plus souple, très adaptable, ils ont d'ailleurs parfois du mal à s'y retrouver. Mais ils savent transiger, c'est pour cela qu'ils sont riches. La diplomatie est un truc de puissant. Quand votre assiette est vide, la diplomatie ne sert à rien car il n'y a rien à préserver, sauf peut-être l'assiette, mais en général il s'agit plutôt d'une écuelle sans valeur.

— Vous êtes résolument du côté des pauvres, contre les puissants et les riches, n'est-ce pas ?

— Je suis pour l'homme libre, et celui-là est introuvable.

— Vous êtes quand même sacrément péremptoire…

— Je sais. Que voulez-vous, j'ai des convictions, mais rassurez-vous ce ne sont que des convictions, pas des certitudes.

— Vous n'êtes sûr de rien ?

— Et vous ?

— Vous êtes dans quoi ?

— Dans rien, et vous ?

— Dans la pub.

— Métier de sophiste, pas mauvais pour les neurones, moins bon pour la conscience, mais ça nourrit certainement bien son homme.

— Et plus que ça encore…

— Oui, ça le pourvoit en tout, j'imagine.

— En tout ce qui est matériel, à l'évidence, pour le reste c'est plus compliqué…

— Parce que le reste c'est l'essentiel, et que l'essentiel ne s'achète pas.

— Ah oui ! et pourquoi ne pourrais-je pas y accéder si c'est gratuit pour tout le monde ?

— Vous pouvez y accéder mais c'est plus difficile pour vous, parce que l'essentiel est comme la fleur sauvage, discret, fragile, et que votre statut vous donne trop de moyens. Vous n'êtes pas équipé pour voir les violettes au bord du chemin. Vous êtes plutôt du genre orchidée, plante de serre, vous vivez sous cloche, vous n'allez pas sur les chemins de traverse, vous n'en avez ni le temps ni le goût. On ne peut pas prétendre à tout, que voulez-vous…

— Ben voyons, les riches sont tous des cons et seuls les pauvres sont subtils, ce n'est pas un peu manichéen, ça ?

— C'est vous qui êtes manichéen, les pauvres sont cons aussi…

— Alors autant être riche.

— Non, parce que la connerie des riches est intolérable, alors que celle des pauvres est compréhensible.

— Vous m'énervez.

— Tant mieux, il y a vingt minutes vous dormiez au volant de votre limousine et renversiez un pauvre.

— J'ai l'impression d'une partie de ping-pong. Vous ne pourriez pas développer vos idées au lieu de vous contenter de répliques de théâtre ?

— Si je développe, vous risquez la migraine. N'oubliez pas que vous êtes publicitaire. Votre registre, c'est le bref, même s'il est faux. Dans votre métier, l'important est d'être percutant, n'est-ce pas ? Vous appelez ça l'impact, je crois.

— Nous ne sommes pas en train de vendre des yaourts.

— Je vous l'accorde, mais gare à vous. Si on se lance dans une conversation véritable, ne me parlez pas de fatigue dans les heures qui viennent.

— Ah bon, parce que ça va prendre des heures ! C'est si grave que ça, docteur ?

— Oui, généralement c'est même incurable.

— En fait, vous vous sentez une vocation de maître à penser.

— Non, quelle bêtise ! Mais j'essaie de vivre philosophiquement. C'est plus difficile que la péroraison. Et puis, personne n'enseigne rien à personne, parce que rien ne remplace la force de la chose vécue. Ce que l'on apprend, on doit l'apprendre par soi-même, par l'expérimentation. Même les tables de multiplication il faut les apprendre tout seul. La transmission du savoir est un mythe, personne ne peut lire un livre à votre place. Tout au plus pouvons-nous exercer une influence, par l'exemple essentiellement. Mais l'important est de vivre sa pensée, sans pérorer, ça ne sert à rien.

— Aïe ! Il va falloir converser sans pérorer. Vais-je être à la hauteur, avec mon lourd passé de publicitaire ?

— Ce n'est pas si difficile de se comprendre, après tout. Même si l'on n'a pas exactement le même genre de beauté. Vous n'avez qu'à penser ce que vous dites et éviter de chercher à avoir l'air intelligent. Si vous ne faites pas semblant, on s'entendra très bien. Vous savez, on ne peut parler véritablement qu'à deux. En groupe, la conversation, c'est du bavardage. On potine, on commente, on dit du mal des autres... Ce qui est assez amusant, je le concède... Mais, pour avoir une vraie conversation, il faut bien se connaître... et ce n'est pas encore notre cas. Bon, qu'est-ce qu'on boit ?

— Qu'est-ce qui vous ferait plaisir, Maître ?

— Du vin ! C'est le breuvage idéal pour papoter, *in vino veritas* ! Et puis n'oubliez pas que vous me devez une bouteille. Personnellement, je pencherais volontiers pour un pomerol. Tenez, celui-ci (il me montre la carte) : 1966, une excellente année ! Un été chaud, pas trop de pluie... Un vin de garde. Certes, ça ne vaut pas 61 ou 53, mais quand même, 66 c'est bien.

J'ai à peine eu le temps de jeter un œil sur le prix (astronomique) de la bouteille qu'Eugène referme déjà la carte et ajoute, avec une allégresse contagieuse :

— Avec un bon sandwich, ça vous va ?

Ça me va, et je me dis que si le bonhomme connaît aussi bien la philosophie que l'œnologie, je ne vais pas perdre mon temps. Un serveur jeune, au crâne tonsuré, nous fixe, l'air troublé. Je passe la commande.

— Dites-moi, Eugène... Qu'entendez-vous exactement par « vivre philosophiquement ? » À part boire du pomerol...

— Ça tient en un mot, la responsabilité, c'est tout... On se tue, ou on assume. Si on considère que la philosophie doit d'abord se vivre avant de s'enseigner, qu'elle est fondée sur une pratique quotidienne en toutes choses, alors la notion de responsabilité est la pierre angulaire de toute philosophie. Être vivant, c'est être responsable, c'est-à-dire se dresser chaque matin et mettre le pied par terre pour assumer le fait d'être en vie. Je ne saurai jamais pourquoi je vis mais, puisque vivant je suis, j'assume, en choisissant de conférer à chacun de mes actes sa part de responsabilité.

Je tique.

— Cela me paraît bien simpliste... Il y a tellement de choses qui ne dépendent pas de nous, tellement de domaines où la notion de responsabilité ne sert à rien, ne change rien…

— Je vous l'accorde, monsieur… Monsieur ?

— Capdevielle, Louis Capdevielle.

— Louis, voilà un nom qui vous va bien, c'est un nom riche, ça, mon cher Louis d'or, un nom qui oblige à régner, hélas… Bon, à part ça, vous avez peut-être raison de dire qu'on ne fait pas toujours ce qu'on veut, mais la question n'est pas là. L'essentiel est de faire en sorte de toujours vouloir ce que l'on fait. Depuis Épictète, on sait qu'il est inutile de se soucier des choses qui ne dépendent pas de nous. Alors, occupons-nous des autres, sans faux-semblants, et surtout sans lâcheté. La deuxième grande vertu, après la responsabilité, c'est le courage, en espérant que les choses qui dépendent de nous suffisent à remplir une existence. Car il est là, le vrai problème posé à l'homme : comment remplir l'existence ?

— Je vous trouve bien naïf, pour un philosophe qui prône avant tout la pratique. Vous posez une question à laquelle tout le monde a depuis longtemps répondu : l'humanité est même sacrément affairée, vous ne trouvez pas ?

— L'humanité se préoccupe d'abord de se maintenir en vie. C'est sa responsabilité première, mais elle est mécanique. C'est la dictature physiologique qui l'impose, la tyrannie des organes ; il faut remplir l'assiette, et je vous sais gré de remplir la mienne ce soir (le serveur chauve était en train de déposer deux énormes sandwichs au jambon sur notre table ; je ne pouvais pas m'empêcher de penser au caviar qui m'attendait chez Alain, du béluga à gros grain). Mais, dès qu'il est repu, l'homme s'ennuie, et alors se pose pour lui le vrai problème, celui qui consiste à remplir son existence, et non plus seulement son assiette.

— L'ennui serait donc le grand problème de l'homme ?

— Certainement, et c'est un problème qu'il rencontre dès son plus jeune âge. L'ennui est même une sensation liée à la jeunesse, à la fougue, à l'impatience, et au décalage qui s'ensuit avec l'inertie des choses et la lenteur du temps. Plus on est jeune, plus on s'ennuie vite. Regardez les gamins de dix ans, dès qu'ils s'arrêtent de faire quelque chose, ils s'ennuient, ils gémissent : « J'sais pas quoi faire ! » Il faut toujours les occuper, leur trouver des distractions. Ils veulent vivre excités en permanence, ou à la rigueur absorbés, par des jeux vidéo, la télé, que sais-je encore. Ils ont un déficit d'intériorité. Et, contrairement à ce qu'on croit, ils éprouvent peu de désirs précis parce qu'ils ont un imaginaire faible. Ils ne trouvent pas en eux-mêmes de quoi se divertir. C'est pour cela qu'ils veulent toujours sortir, agir, s'activer. Alors que les vieux, eux, ont tellement de trucs dans la caboche qui s'accumulent et macèrent avec les années qu'ils s'ennuient moins : ils sont trop occupés à ressasser. Leur cervelle est pleine de souvenirs, ils font l'inventaire, ça les distrait... Mais, bon, la population adulte aussi est exposée à l'ennui, c'est certain. L'ennui est une malédiction qui touche tout le monde. Avec la douleur, l'ennui est l'autre drame de l'existence humaine. L'opinion croit généralement qu'il suffit d'aller vite pour ne pas s'ennuyer. L'ennui résulterait d'une dilatation du temps. Alors on invente la frénésie pour y échapper. C'est comme ça, bien que l'on ait peu de temps à vivre, il nous faut quand même trouver le moyen de le tuer... Quand ceux qui souffrent vous racontent que, si leurs souffrances cessaient, ils seraient les plus heureux du monde, que les bien portants ne connaissent pas leur bonheur, ils sont victimes d'une subjectivité liée à la douleur. Il est vrai qu'elle seule est absolument divertissante, dans l'acception pascalienne du mot. Quand vous souffrez, vous êtes obsédé par ça, vous n'avez de cesse que la douleur disparaisse, c'est naturel. Mais dès que ça va mieux, dès qu'elle a disparu, vous êtes heureux quelque temps, soulagé, et puis l'ennui réapparaît, et il vous faut à nouveau trouver des moyens de vous divertir, de vous occuper, s'imaginer des passe-temps, c'est comme ça, l'homme sain s'emmerde.

— Je ne vois toujours pas comment la notion de responsabilité individuelle peut constituer une réponse à l'ennui existentiel. Ni en quoi elle peut être le fondement d'une philosophie. Je vous demande pardon, cher Eugène, mais vous avez des raccourcis qui m'échappent.

— Je vois. Monsieur fait la forte tête. Il ratiocine, il ergote, il objecte, eh bien soit ! Je vais essayer de démonter vos réticences. Mais versez-moi d'abord un peu de vin, j'ai la gorge sèche.

Épais, chatoyant, avec des reflets acajou, le pomerol s'accroche à la paroi de nos verres.

— Il a de la cuisse, commente Eugène, l'air papelard, retrouvant en une seconde le naturel grossier que je lui ai trouvé dès qu'il m'a adressé la parole.

Ce type me fascine. Il peut passer en une seconde de l'expression la plus fruste à la plus grande acuité intellectuelle. Ayant sifflé d'une traite le contenu de son verre, il observe pendant une bonne minute un silence que je me garde de rompre. Je me demande s'il est perdu dans une quelconque rêverie ou s'il évalue les mérites du vin de Bordeaux. Je me trompe dans les deux cas ; il affûte son raisonnement. Après un bruyant claquement de langue, il reprend :

— Vous jugez ma vision du monde simpliste, alors qu'elle n'est que simple. Or, la simplicité est une qualité essentielle. C'est même à mes yeux le comble de la sophistication. La responsabilité n'est pas le fondement de toute philosophie. C'est *la* philosophie même. Je veux parler de la responsabilité *à* être libre. Immense responsabilité, à laquelle la plupart des hommes se dérobent. Ils ne souhaitent pas être libres, ils préfèrent être occupés. La responsabilité *à* être libre est écrasante. Que faire de cette liberté ? Mieux vaut vaquer à ses petites affaires que de poser son regard sur le monde, et risquer d'être en proie au vertige que vous cause son ébouriffante complexité. Et pourtant, c'est à ce moment précis, où le vertige s'empare de lui, que l'homme devient conscient. La première manifestation d'une pensée claire, c'est la pensée du néant. Tant qu'on n'a pas admis l'omniprésence du vide dans lequel on baigne, on tremble, et un homme qui tremble n'est pas un homme libre. Voilà pourquoi la notion de la responsabilité *à* être libre est la clef de toute philosophie vécue. S'assumer, assumer le fait d'être en vie, en espérant le meilleur, en se préparant au pire, tout en sachant que le pire n'est pas certain et le meilleur peu probable.

Plus Eugène parle, plus je doute du bien-fondé de sa dialectique. Défaut de culture de ma part, manque de bon sens, goût de la contradiction ?

Toujours est-il que notre dialogue prend un tour inattendu. Je me cantonne dans la position du sceptique, mais il semble que mes réticences et mes doutes ne font que renforcer ses convictions. Au fond, ce petit jeu m'amuse assez. Je veux le pousser dans ses retranchements, tout en espérant secrètement qu'il réussira à me convaincre. Pour l'instant, ses paroles me semblent encore confuses, comme le brouhaha qui règne dans la brasserie et va s'intensifiant. Il est à peu près vingt-deux heures. Nous discutons depuis presque une demi-heure. Je risque une objection :

— Vous croyez sérieusement que votre idée, cette responsabilité à être libre, constitue un concept philosophique majeur ?

— Ah, vous êtes têtu, vous ! Vous posez toujours deux fois la même question ? Vous trouvez mes arguments trop simples... C'est votre côté intello qui vous travaille. Vous voulez des pensées de penseur ! Eh bien, je vais vous en donner, vous serez rassuré. D'abord, à mon sens, le grand problème de la philosophie spéculative, celle qui vous impressionne, c'est son hermétisme. L'homme de la rue n'y comprend rien. Cette philosophie officielle réduit l'évolution de la pensée humaine à une succession de doctrines académiques. Elle s'enivre de concepts, développe jusqu'à plus soif des analyses interminables et stériles sur des textes obsolètes. Chaque génération s'adonne à la même scolastique. Les grands systèmes philosophiques, à la Hegel, sont incompréhensibles et par conséquent inutiles. La *Phénoménologie de l'esprit*, par exemple, ce bréviaire pour universitaires, est illisible, et date terriblement. Ça sent le papier. C'est un truc de spécialistes, de théoriciens fanatiques qui ratiocinent à n'en plus finir. Kant, Descartes, Spinoza se répètent inlassablement, sans doute pour être sûrs de s'être bien fait comprendre. En réalité, ils professent, d'ailleurs on parle bien de répétiteurs pour désigner certains pédagogues entêtés. En fait de révolution, et à l'exception du marxisme, la philosophie professionnelle n'a connu depuis un siècle que des révolutions de palais, l'essentiel s'est passé en dehors d'elle. Sur ce sujet, Jean-François Revel a écrit en 1957 un bouquin jubilatoire qui remet les idées en place et situe la conception universitaire de la philosophie à peu près au même niveau que le débat sur le sexe des anges. Je vous en conseille la lecture toutes affaires cessantes, ça vous fera le plus grand bien. Pour moi, tant qu'une philosophie, ou une pensée qui s'affirme comme telle, n'a pas subi l'épreuve du vécu, elle n'est rien que des mots. Une philosophie digne de ce nom, de type socratique, se doit d'être une *pensée en action*, toujours compréhensible par tous, ou elle n'est rien.

Eugène a haussé le ton, et martèle la table au risque de renverser notre précieuse bouteille, mais soudain il baisse la voix :

— Enfin, Louis, imaginez un Socrate qui refuserait le dialogue sous prétexte que la philosophie ne concernerait que des érudits ou des initiés ? Sans compter que la plupart des problèmes soulevés par les philosophes aux XVIIe et XVIIIe siècles ont été résolus, et même pulvérisés, par la physique, la psychanalyse, la génétique, l'économie politique, l'histoire, et surtout par les événements… Leibniz, Kant, Spinoza, Descartes étaient empêtrés dans des considérations religieuses. Ils étaient obsédés par la démonstration de l'existence de Dieu, qui était l'obsession de leur époque. Quant aux philosophes contemporains, non seulement ils n'ont rien inventé, mais ils trichent, pour la plupart. Prenez Heidegger. Sa méthode de pensée procède de la tautologie. Il part de postulats arbitraires, se perd en jargonnant dans des développements artificiels pour aboutir à de prétendues preuves qu'il a obtenues en se servant de ses propres textes. Lisez *Sein und Zeit*, vous verrez, c'est flagrant ! Lire Heidegger c'est lire un manuel de mécanique, le *Dasein* est l'équivalent du joint de culasse. On n'en a pas besoin pour vivre, de même qu'il n'est pas nécessaire de se farcir le crâne avec un manuel de mécanique sur le moteur à explosion pour conduire une automobile. Un livre de philosophie qui n'est pas compréhensible par tous n'a pas de sens commun, commun ne voulant pas dire « bas », mais « non spécialiste ». On ne peut quand même pas lire tous les modes d'emploi des friteuses électriques pour avoir le droit de manger des frites ! Ces grands textes se réduisent à des tours de passe-passe pour ratiocinateurs migraineux et futurs agrégés. Où est la vie là-dedans ? Selon une philosophie appliquée, et pas seulement livresque, il faut que les choses se vivent, et se vivent librement, avec peut-être même un certain vertige, l'exercice de la liberté est la seule responsabilité à laquelle l'homme sain d'esprit ne peut pas se soustraire. En permanence, et en toutes choses, il est confronté au choix, à sa conscience par rapport au choix, et alors il ne peut pas se dérober, sauf à être lâche et à le savoir.

Pour qui ce type se prend-il ? Bien qu'impressionné par sa tirade et la vigueur de son bagout, je le trouve gonflé de balayer d'un revers de main (ou plutôt du coude, qu'il lève plus souvent qu'à son tour) les plus grandes figures de la philosophie officielle. Je vais le taquiner.

— Et Nietzsche ? Il ratiocine aussi, peut-être ?

Ma question paraît d'abord ne lui faire aucun effet, puis il part d'un formidable éclat de rire, dévoilant au passage une denture de jeune fauve. La couperose zèbre ses pommettes juste au-dessus de la barbe, et lui donne un faux air de Père Noël.

— Ah oui, votre auteur favori ! Mais vous avez raison. Vous avez de bonnes lectures. Je n'aurais pas accepté de boire un verre, enfin... quelques verres (il lorgne la bouteille déjà bien entamée), si je ne vous avais pas vu avec votre bouquin à la main, tout à l'heure. Joli contraste avec la cravate et la Mercedes ! À la réflexion, je crois que vous me plaisez, cher Louis d'or. Mais Nietzsche n'est pas un philosophe, au sens où il n'a inventé aucun système, aucune doctrine. C'était un esprit exalté, pétri de contradictions. Un homme douloureux, horriblement seul. Un cynique fou de vérité, à la pensée implacable, c'est-à-dire dévastatrice et absolument libre. À côté de lui, Schelling, Fichte, Hegel, Schopenhauer, Heidegger, toutes ces grandes figures de la pensée allemande, sont des philosophes popotes. Il y a toujours dans leur relation avec la vérité quelque chose qui rappelle le ménage et les choses domestiques. Un côté bien rangé, une volonté toute germanique de mettre de l'ordre dans l'univers et sous les crânes. À la différence de Nietzsche, il n'y a chez eux aucun érotisme, aucun sens de la consumation. Ils ne sont pas passionnés par l'objet de leur étude qu'ils veulent définitivement dominer. Ils font de la philosophie une bonne épouse obéissante. Ce sont des philosophes en charentaises, ils ont le goût des systèmes qui tournent rond. Des esprits pot-au-feu qui accouchent d'explications définitives du monde comme d'autres vont au bureau. Schopenhauer n'a pas trente ans quand il achève *Le Monde comme volonté et comme représentation*, et déjà il arbore la mine satisfaite d'un petit comptable qui va prendre sa retraite. Nietzsche, lui, se foutait pas mal d'être heureux ou d'être sage. Ce que les autres cherchaient dans la connaissance, ce repos tranquille de l'âme, ce rempart contre le débordement des passions, Nietzsche le fuyait parce que cela diminuait la vitalité. Pour lui, c'est l'éternelle vitalité qui importe, et non la vie éternelle. Il a pulvérisé, sans se soucier du jargon professionnel, toutes les coquilles de noix des systèmes dérisoires que les philosophes bien organisés ont tenté d'édifier avant lui. Tout le monde peut le lire et le comprendre, bien qu'il soit le plus grand déboulonneur de systèmes et sans doute le plus vital de tous les penseurs de l'ère moderne. Toujours la vérité est le sens final de Nietzsche, ce chien céleste.

« Chien céleste » : l'expression colle à ravir à mon interlocuteur. J'ai en face de moi un loqueteux qui a la tête dans les nuages mais, je commence de m'en convaincre, les pieds bien sur terre. Pour l'heure, il a surtout le nez dans son verre, qu'il déguste à petites gorgées. Le niveau de la bouteille baisse dangereusement. J'y ai à peine touché.

Je vide mon verre d'une traite. Une légère sensation d'ivresse et de bien-être m'envahit. Je me sens bien, en bordure du monde, des conventions et de la philosophie, attablé en bonne compagnie, à cheval entre deux millénaires. Je n'oublierai pas de sitôt cette improbable rencontre. Eugène reprend son soliloque.

— Nous parlions de cynisme, tout à l'heure. Pour Nietzsche — vous trouverez cette phrase dans *Ecce homo* — le cynisme est ce qui peut être atteint de plus haut sur la terre. Texto, et ce n'est pas par hasard !

— Vous êtes cynique ?

— Si vous faites allusion à l'école des Chiens d'Athènes, assurément. Mais sans l'exaltation ni l'idéalisme. Je ne crois pas non plus à l'ascétisme, qui n'est qu'une mortification ou une suprême manifestation d'orgueil. Je crois plutôt à la frugalité (ce disant, il mord dans son sandwich d'un coup de mâchoires rageur : il n'est visiblement pas à une contradiction près). La frugalité suffit à maintenir l'homme aussi libre que possible. La pratique de l'ascèse chez Diogène avait une fonction d'exemplarité, il souhaitait des disciples, là résidait sa faiblesse. Il se devait de pousser sa conviction à son point ultime, jusqu'à l'incandescence, pour choquer l'opinion, réveiller le bourgeois. Ce faisant, il dénaturait son propre principe de liberté. Quelle liberté y a-t-il à se rouler nu dans la neige en hiver pour montrer l'exemple ? Et finalement épater le badaud ! À ce jeu-là, les chrétiens sont les plus forts. D'ailleurs ils ont enfoncé les cyniques sur le marché des idées neuves et du spectaculaire. Comment lutter avec un type qui marche sur l'eau ? C'est impossible. Mais nous dérivons dans le religieux, c'est une autre affaire. En définitive, le problème de toute philosophie, c'est l'idéalisme, et son avatar, l'idéologie. Dès que vous êtes en présence d'un idéaliste, la déception est proche, voire même la catastrophe. À cet égard, le XXe siècle est assez édifiant. Bon, soyons patients, il se termine dans deux heures.

— Sans être foncièrement pessimiste, je ne crois pas que l'humanité sera moins idéaliste dans deux heures. Et puis je ne vois pas comment on pourrait faire de la philosophie sans idéalisme. N'est-ce pas justement le propre de la philosophie de proposer un idéal ? D'ouvrir une voie dans les ténèbres ? D'élever l'homme au-dessus de sa condition animale ?

Le visage d'Eugène se ferme.

— Je ne sais pas de quelles ténèbres vous parlez et, si j'étais authentiquement cynique, je vous répondrais que l'animal est supérieur à l'homme. Mais bon, expliquez-moi comment on peut vivre un idéalisme, qui, par définition, est invivable, n'est pas à la mesure de l'homme. Essayez seulement d'être impeccable, absolument irréprochable, pendant vingt-quatre heures, vous verrez, c'est impossible, ça rend fou. Un idéal, c'est une vue de l'esprit impossible à mettre en pratique.

— Dans ces conditions, à quoi sert la philosophie ? Je ne vois pas pourquoi nous sommes là, tous les deux, dans ce bistrot, à bavarder et à nous torturer les méninges pendant que tous ces gens autour de nous font la foire sans se poser de questions. Brisons là ! Le sujet est épuisé, salut, terminons notre casse-croûte, et à un de ces jours...

— Louis, vous êtes riche, vous êtes intelligent, mais vous êtes aigre, comme tous les cyniques modernes vous n'aimez pas la vie. Attention, vous faites vous-même votre malheur en vous laissant aller à votre amertume, même la lucidité que vous en retirez n'améliorera pas la qualité de votre sommeil. Vous savez, un être qui n'a rien accompli, qui n'est arrivé à rien, qui ne possède rien, mais qui reste enjoué est un être réussi, et je ne suis pas sûr, malgré votre richesse, que vous soyez à ce jour un être réussi. Le cynisme contemporain est une catastrophe pour l'homme. C'est pour cela d'ailleurs que je préfère le terme de kunique, selon la définition de Sloterdijk, plutôt que celui de cynique, qui désigne aujourd'hui autre chose, généralement un pauvre diable dans votre genre, revenu de tout et sans vitalité, avec pour seule obsession l'utilitarisme. Vous avez le même travers que beaucoup de vos semblables : il vous faut toujours des résultats. On bavarde bien au chaud, et vous vous demandez à quoi ça va vous servir, ce que ça va vous apporter. Vous êtes prisonnier de la notion d'utilité. Si ça vous taraude à ce point les méninges, je peux au moins vous rassurer sur un point : philosopher est une mesure d'hygiène mentale, et je peux vous assurer que, pour ce qui vous concerne, c'est sacrément utile. La philosophie, quand elle est vécue, permet de résister à tout, entre autres à la dépression nerveuse, pathologie si courante de nos jours. Ainsi, à ceux qui lui demandaient à quoi servait selon lui la philosophie, Diogène a répondu : « À défaut d'autre chose, du moins à être prêt à affronter tous les coups de la fortune »...

— Morale étriquée de gibier traqué !

— Il y a plus et mieux, mais je me demande si votre esprit d'Occidental mercantile est capable de saisir certaines subtilités...

Il commence à m'agacer avec ses airs supérieurs. Pour qui ce clodo arrogant, pêché dans le caniveau et incapable de tenir sur sa bécane, se prend-il ? En plus, la bouteille est maintenant aussi vide que nos assiettes, et j'éprouve, par-delà toute subtilité rhétorique, une très primaire mais néanmoins urgente envie de soulager ma vessie. Eugène n'a cure de ma mine renfrognée. Il se lance dans un nouveau monologue comme on s'élance, à ski, du haut d'une piste noire :

— Bon, allez, Louis, ne faites pas la tête, je ne voulais pas vous offenser. Je reconnais que je suis un peu pénible parfois. Nous sommes tous dans le même bain, la vie n'est pas simple, et moi je devrais être moins péremptoire. D'ailleurs la principale difficulté à laquelle l'être humain est confronté ne consiste pas à se trouver une philosophie, mais à réussir à faire cohabiter dans une même conscience l'être pensant et l'être vivant. Ça, c'est notre grand problème. La vitalité, toujours subversive, jouant régulièrement en deçà de la pensée, se souciant de la réflexion analytique comme de sa première pulsion, donne toujours libre cours à la libido qui s'exprime sans complexes à l'égard du cogito, lequel s'exaspère de ne pouvoir l'endiguer, la contrôler, la diriger. L'élan vital n'a que faire de nos raisonnements les plus sages et les plus subtils, il ne les suit que lorsqu'ils le servent.

C'est ce phénomène d'autosubversion chronique qui rend nos bonnes résolutions si dérisoires, c'est lui qui fait s'effondrer les volontés les plus affermies, c'est lui qui pulvérise ces superstructures rationnelles que nous édifions sans relâche pour tenter de le contenir. Fort heureusement, nous n'y parvenons jamais, et c'est ce qui permet au génie propre à chacun de s'exprimer. En ce sens, l'intelligence n'est jamais là où on l'attend. Bien sûr, cela nous contrarie parce que cela nous humilie. On y voit un état de contradiction insupportable, une désagréable impression d'incohérence qui nous rabat le caquet puisque, au fond, on n'est jamais vraiment d'accord avec ce que l'on fait et que nous ne parvenons pas non plus à faire tout ce que nous avons pensé faire... De la difficulté de vivre avec soi-même, ce soi-même avec lequel il nous faut cependant pactiser à défaut de pouvoir nous en séparer. Pendant que l'être pensant se préoccupe de la vie éternelle, l'être vivant ne se soucie que de l'éternelle vitalité. D'après vous, lequel des deux l'emporte ? C'est pour cela qu'il revient à la philosophie de coller à la vie, et non l'inverse. La vie, mode d'emploi, ça n'existe pas. Il n'y a pas de manuels techniques ni de brochures de présentation. Il faut se débrouiller tout seul, de manière empirique, au pif ! Comme les chiens...

Malgré la charge d'Eugène à propos de mon désabusement excessif, je décide de poursuivre la conversation, sa pensée me captive et parvient à faire taire mon amour-propre.

— Que proposez-vous ?

— Toujours la même réponse : la responsabilité à être libre... Le devoir de s'y efforcer.

— Mais cette idée n'est pas neuve, après tout les stoïciens ne la vivaient-ils pas, cette responsabilité à être libre ?

— Le stoïcisme, la seule philosophie qui vaille la peine d'être pratiquée... Sauf qu'elle est impraticable, elle aussi, dogmatique, inhumaine, il y a trop de frénésie en nous pour que nous puissions nous adonner avec constance à l'impassibilité. On peut être stoïcien pendant vingt-quatre heures et ensuite on explose. Le détachement de tous les instants exige une maîtrise de soi qui confine à l'absurde. Les stoïciens eux-mêmes avaient du mal à vivre leur stoïcisme : regardez ce pauvre Sénèque, empêtré dans ses problèmes politiques. Faites ce que je dis, mais pas ce que je fais... Pas plus que les cyniques, les stoïciens ne pouvaient vivre leur philosophie dans la société de leur temps. D'ailleurs, on les a martyrisés, pourchassés, contraints à l'exil... Il est vrai qu'alors tous les philosophes étaient suspects. À force de vouloir dire la vérité, de contester bruyamment toute espèce d'artifice, de dire leur fait aux princes et aux puissants, ils ont dû mettre en sourdine leurs fameuses diatribes... Et puis, ils étaient tous de la même bande. Antisthène, le premier des cyniques, a été l'élève de Socrate, lequel a plus tard formé Cratès qui a formé Zénon, fondateur de l'école du Portique, précurseur du stoïcisme. Sans parler des sophistes, et des premiers chrétiens qui s'en mêlèrent. À cette époque, ça discutait ferme sur l'agora. Quand Alexandre le Grand, magnanime, demande à Diogène ce qu'il peut faire pour lui et que l'autre lui rétorque : « Ôte-toi de mon soleil », il faut bien admettre que ces philosophes-là ne cherchaient pas à plaire. Cette sincérité avait pour objectif d'être exemplaire, cependant elle n'a pas fait école tant elle amenait inévitablement à la marginalisation. Tout seul, chez vous, dans votre appartement, vous pouvez bien être stoïcien, cynique ou tout ce que vous voulez ; vous ne dérangez personne. En société, c'est une autre affaire, vous ne pouvez pas vivre votre idéalisme, vous emmerdez trop les autres.

Et moi qui croyais le confondre. C'est qu'il a du répondant, mon crapaud des rues. Je le coincerai une autre fois. Je l'attends au tournant. Pour l'instant, je file doux.

— C'est peut-être la solution : vivre seul, sans s'occuper des autres…

— Ben voyons. En ermite, bien sûr. Comme si la société moderne tolérait un tel comportement. Mais, mon bon monsieur, un type qui vit seul, en nomade, avec pour seules possessions son manteau, sa besace et son bâton, va directement au trou, au dépôt. Il est perçu comme un déchet. Tenez, moi. Quand vous m'avez percuté…

— Je ne vous ai pas percuté, c'est vous qui avez heurté ma voiture, avec votre épave à roulettes.

— D'accord, ne vous fâchez pas. Il n'empêche que vous m'avez perçu immédiatement comme un pauvre type, un empêcheur de tourner en rond.

Aujourd'hui, Diogène finirait à l'asile de Nanterre ou à Sainte-Anne. Le monde moderne n'aime pas les idéalistes. Il préfère les pragmatiques, les réalistes, qui jouent le jeu de la société marchande. Produire, consommer et voter tous les sept ans. Bien sûr, vous pouvez composer, être un peu social pour gagner un peu d'argent et vous faire tolérer. D'ailleurs il y en a beaucoup qui vivent comme ça. Des gens de peu qui font peu de bruit, qui vivotent dans leur coin et qu'on enterre un beau matin sans déranger personne, mais bon, pensez-vous que ces gens soient libres ?

— Bref, à vous entendre, il ne nous reste plus qu'à déclencher une révolution…

— Pourquoi pas ? Mais c'est impossible, trop de confort, pas assez de folie… C'est une chose d'écrire un texte révolutionnaire dans l'arrière-salle d'un café, c'en est une autre d'aller poser des bombes… Aujourd'hui, en Occident, ce ne sont pas les révolutionnaires de salon qui manquent, ce sont les poseurs de bombes. Plus personne ne veut s'y coller. Les gens préfèrent regarder la télé. Les Guignols sur Canal Plus, par exemple, ça détend. Et puis surtout, plus personne n'y croit, heureusement, le romantisme révolutionnaire a reflué dans les consciences, tout simplement parce que aucune idéologie ni philosophie n'ont jamais montré la moindre voie. Elles se sont contentées de clarifier la situation du moment. Quand Nietzsche dit : « Dieu est mort », ce n'est pas lui qui le tue, il le constate. Il ne montre pas le chemin : il entérine une situation. Il n'y a rien de prophétique là-dedans. Aucune raison de s'énerver ni de susciter des émeutes. L'encre des idéologues ne fait plus couler le sang des martyrs, les héros sont fatigués. Il faut reconnaître qu'ils ont beaucoup donné...

Eugène paraît tout d'un coup abattu. Je profite de son mutisme pour jeter un coup d'œil à travers les vitres du bar enfumé. Dehors, la place de l'Opéra est envahie par une foule braillarde et surexcitée. Le spectacle est inquiétant. Dépités, les automobilistes ont déserté leurs véhicules pour aller grossir la marée humaine qui ondule sous la clarté des réverbères. Touristes, provinciaux en goguette, fêtards de tout poil, en grappes compactes, brûlent de célébrer le nouveau millénaire à l'heure prévue.

Eugène suit mon regard.

— Voilà toutes les révolutions qui nous restent, dit-il avec un soupir. Une pagaille. Un gigantesque tohu-bohu officiel sur fond de fête marchande.

Je réplique :

— Vous avez beau jeu de vous moquer des autres. Vous dites que nous ne sommes pas libres, mais vous ne proposez rien pour briser les chaînes. Votre fameuse responsabilité à être libre, comment l'exerce-t-on ? Concrètement, dans la vie quotidienne ?

— Par le don. L'expression suprême de la responsabilité à être libre, c'est le don. C'est là que l'homme exprime pleinement sa liberté, s'élève au-dessus de sa condition animale, qu'il n'est plus seulement programmé par la nature. Nous passons notre temps à rechercher le plaisir — tous les plaisirs, physiques ou mentaux — et à fuir la douleur — toutes les douleurs. On échappe à cette diabolique alternative par le don, et seulement par le don ; en cet instant où l'on s'oublie enfin soi-même, on est libre. L'acte gratuit est ainsi la manifestation la plus évidente de l'état de liberté. Si Dieu est, peu importe, et il est peu probable qu'il soit, reste le geste de l'homme libre qui se sauve ainsi du vide et du rien. Par le don, l'animal humain prouve à lui-même son humanité et s'élève à ses propres yeux, les seuls qui importent en définitive.

— Moi qui vous croyais ennemi du genre humain…

— Alors, me direz-vous, qu'est-ce que le don ? Eh bien, ce n'est pas seulement le partage du pain, le don chrétien, c'est aussi l'épanouissement des dons. C'est Mozart, c'est Rimbaud, bien sûr, mais c'est aussi le geste anonyme, suspendu dans le temps, de l'homme de la rue, du passant responsable qui prend le temps d'aider un vieillard à gravir le trottoir… Évidemment, vous trouverez toujours des malins pour vous expliquer que le don est un plaisir qu'on se fait à soi-même… Eh bien, conseillez-leur de s'y adonner, à ce plaisir, et sans retenue. Ce genre d'objection apaise surtout leur mauvaise conscience et les dispense de se séparer du moindre de leurs biens. Ce faisant, ils ne sont pas libres, ils sont crispés sur leurs possessions, enchaînés à leurs propriétés. Et puis, ils confondent le plaisir et la joie. Donner, ce n'est pas se faire plaisir, c'est se mettre en joie, et la joie, c'est l'émotion suprême, exclusive à l'humain. L'animal connaît le plaisir, je ne suis pas sûr qu'il connaisse la joie.

— Pourtant, si je vous ai bien suivi, vous considériez tout à l'heure l'animal comme supérieur à l'homme…

— Ah ! Eh bien oui, on pourrait facilement remettre l'homme à sa place. Sur le plan du vivant, il n'est pas le plus important par sa masse, les insectes le surpassent. Il n'est pas le plus beau : il suffit de regarder un chat. Il n'est pas le plus extravagant : n'avez-vous jamais croisé le regard d'un homard ? Il n'est pas non plus le plus fort : la moindre vachette lui en remontre. Enfin, il n'est pas non plus, tant s'en faut, le plus sincère : n'importe quel chien est plus vrai que le plus honnête des hommes. Et puis, qu'est-ce que ça veut dire « supérieur » ? Savez-vous par exemple que, si l'abeille disparaissait, la vie prendrait fin sur la terre en quatre ans ? Croyez-vous qu'il en irait de même avec la disparition de l'homme ? Cela ne devrait-il pas nous rendre plus humbles ? Mais non, l'homme se croit toujours au centre de tout. Or, qu'est-ce que *La Joconde* pour un coléoptère ? Et votre chat, béat, allongé au soleil, les paupières closes, sent-il à quel point il lui est douloureux de se passer des poèmes de Rimbaud ? Le monde existe en dehors de l'homme, lequel pourrait même être considéré comme un épiphénomène, une sorte de péripétie de l'évolution. Je m'empresse d'ajouter que je ne trouve pas cette idée angoissante, elle est au contraire apaisante, en ce qu'elle nous soulage du poids de la destinée. L'obsession du vide, du néant, est une obsession humaine, étrangère à l'animal. C'est ce qui rend le sort de celui-ci enviable, et le faisait considérer comme supérieur à l'homme par la pensée cynique.

— Seriez-vous nihiliste ?

— De type extatique, peut-être, mais certainement pas moderne. Le nihilisme contemporain est d'une prétention extravagante. C'est l'illusion ultime, et paradoxale, de l'homme qui croit avoir tout compris et qui est tout fiérot de se dire qu'il n'y avait rien à comprendre, alors que c'est tout simplement la complexité du monde qui lui échappe, qui dépasse sa capacité d'entendement. Le nihilisme moderne s'appuie sur trois piliers : le relativisme — il n'y a plus d'absolu —, l'individualisme — après moi le déluge —, et la soif de savoir — la science résout tout. Aujourd'hui, l'homme occidental s'imagine être devenu un esprit absolu. Il s'y croit. Pourtant, sa prétention se dissout dans une petite somnolence jouisseuse assez minable. La pose de celui à qui on ne la fait pas est peut-être élégante, mais elle ne mène à rien. L'esprit supérieur qui croit avoir tout compris accouche d'une existence étriquée et mesquine, très éloignée du nihilisme extatique de Nietzsche. A priori, l'homme n'est rien. De la simple matière animée, un hasard biologique... Ce qu'il doit être, il lui faut le devenir, en agissant sur lui-même, en se tenant à l'écart de la satiété, en apprenant à se préserver du dynamisme mortifère du progrès, pour espérer se surmonter lui-même et accéder ainsi à une existence heureuse et poétique, fondée sur le don et la dépossession. Pour moi, le nihiliste contemporain n'est qu'un imbécile infatué, un nihiliste passif qui, au lieu de penser le rien, ne pense à rien, ce qui évidemment n'est pas la même chose.

— Au fond, Eugène, vous êtes un homme en colère. Je me reconnais la même disposition d'esprit bien que nous soyons apparemment opposés. En fait, nous avons beaucoup de choses en commun, ne serait-ce que ce dégoût du théâtre social et de ses mondanités. Il est vrai qu'il y a chez moi une aigreur qui vous est étrangère, mais c'est sans doute parce que vous n'êtes pas dans la pub... En tout cas, il y a en vous et en moi quelque chose de furieux, de dépité. L'homme nous exaspère...

— Peut-être, Louis, peut-être, mais pas forcément pour les mêmes raisons. Pour ma part, la colère m'empêche de tomber dans l'apathie, de me laisser rattraper par l'ennui. J'ai peur parfois de ne plus réussir à m'intéresser à tout ça, de ne plus me sentir concerné par la vie et ses manifestations erratiques. Alors je m'efforce de les épingler, de les interpréter. Comme c'est très difficile, je m'énerve. J'ai la conscience irascible, je suis toujours au bord de l'indignation, pour éviter de m'en foutre et de bâiller, mais peut-être que, au fond de moi, je m'en fous pour de bon : j'ai une telle conscience de notre impuissance... L'état de colère est quand même pour moi très naturel et je le crois souhaitable, salubre, il me tient en éveil. Vivre, c'est être en colère. Sinon c'est qu'on se contente de vivoter en ne se consacrant qu'à soi-même. Aimer la vie, c'est savoir lui demander des comptes, l'attraper par le col, exiger d'elle qu'elle se surveille, qu'elle ne se laisse pas aller à son mépris de l'humain. Nous n'avons pas demandé à naître, mais il nous reste à être... Quant à l'homme, même s'il est exaspérant, il a aussi des côtés extraordinairement attachants. Il suffit d'écouter Bach ou de lire Baudelaire pour s'en convaincre. Ma colère est au service de l'homme, finalement. Voyez-vous, je crois qu'en définitive je suis un humaniste. Et puis il n'est pas si facile de vivre. Je ne parle pas seulement de survivre, mais de vivre, en homme, debout, responsable, attentif. Je me sens de ce point de vue fraternel, frère de galère si vous préférez... Tenez, regardez Cesare Pavese, ce magnifique auteur, qui se suicide après avoir écrit *Le Métier de vivre*. Il n'avait pas la vocation... Ça peut se comprendre, vivre est un métier difficile, très technique, qui demande beaucoup d'énergie, et surtout un capital inépuisable d'indignation, de la vitalité en somme.

— Nous parlons beaucoup des hommes, Eugène, jamais des femmes. La femme, avenir de l'homme, vous connaissez... Est-ce qu'une femme, une seule femme, ne suffirait pas à nous faire oublier l'absurdité du monde ?

— Pour l'oubli, assurément. Si, par chance, vous tombez sur une forte personnalité, elle vous fera oublier l'ennui de vivre, c'est certain. Elle vous occupera à plein temps, et d'ailleurs vous ne le verrez pas passer. Vous serez un homme accaparé, mais je ne suis pas sûr que vous serez un homme libre. Vous serez plutôt un homme occupé, comme on le dit d'un territoire. Quant à l'avenir de l'homme... La formule est juste en ce sens où nous assistons, me semble-t-il, à une sorte de féminisation du monde occidental. Le phénomène participe à la pacification de la vie sociale, et c'est un progrès. L'agressivité guerrière va diminuant, mais cela entraîne en même temps une certaine veulerie des hommes, ils sont dans un état de collaboration larvée pour avoir le droit d'accéder au sexe. Les femmes ont repris du pouvoir par le sexe : elles ne se donnent plus, elles négocient, et le comportement masculin s'en ressent. Les vertus viriles, générosité dans l'action, vision collective, ampleur de vue, sens du risque, sont peu à peu proscrites au profit de la grande affaire : l'amour, la procréation et pour finir la famille — bref, les valeurs domestiques. La femme n'est pas une romantique, c'est une préservatrice-née et pour tout dire une conservatrice. C'est pour cela qu'il y a peu de femmes tueuses. Le romantisme, contrairement à ce que l'on pense, est masculin. Il n'y a pas plus romantique que les militaires, qui ont la larme à l'œil dès qu'ils évoquent la moindre épopée. C'est cette propension au romantisme qui piège l'homme dans la relation amoureuse. En amour l'homme est toujours plus énamouré que la femme. Il suit son exaltation romantique, elle obéit à un plan biologique. Elle développe une stratégie, il en est dépourvu. L'homme a une conception culturelle de l'amour, la femme reconnaît instinctivement la loi naturelle propre à l'espèce, avec la reproduction pour finalité. Pour conclure, en bon cynique, si vous souhaitez rester aussi libre que possible, je vous dirai que les femmes comme les objets, il ne faut pas chercher à les posséder, contentez-vous d'en jouir. Sinon, ils pèsent et vous empêchent d'aller à votre pas…

— Et c'est quoi votre « pas » ?

— C'est le pas de l'homme libre. Un pas imprévisible, non cadencé, le contraire du pas de l'oie… Croyez-moi, vous ne posséderez jamais rien, ni femme, ni objet, ni bien sûr femme-objet, ce sont eux qui vous posséderont. C'est le principe de la *femme qui fixe* de Nietzsche, qui plante l'homme sur place… Libérez-vous du mythe de l'amour fusionnel et contentez-vous d'une relation de compréhension mutuelle, d'échange, sans chercher « la femme »… Aimez les femmes comme vous aimez les hommes, aimez-les davantage pour leur humanité que pour leur sexe, aimez-les dans leur diversité, leur singularité, et vous participerez à leur émancipation.

— Je ne suis pas sûr que vous aimiez les femmes…

— Remarque stupide ! Autant insinuer que je n'aime pas l'oxygène que je respire.

— Ah, oui ? Quelle est votre relation à l'égard

de la femme qui fixe ? Vous en tenez-vous à l'écart ? Êtes-vous prêt à vous laisser fixer ? Les femmes acceptent-elles facilement que vous les aimiez dans leur diversité ?

— L'homme occidental, mon cher Louis, a toujours eu un comportement colonialiste envers les femmes. En échange d'un peu de bimbeloterie, il n'y a pas si longtemps, il obtenait d'elles le meilleur, elles se donnaient avec enthousiasme et puérilité. À la fin des années soixante, un week-end en palace, une décapotable, et vous couchiez avec des filles formidables, sensibles, intelligentes, joyeuses. Les hommes en ont profité sans vergogne. Tout cela était assez minable, en fait. La France s'ennuyait et elle n'était pas riche, les marques et les objets fascinaient, on en était à la situation des pays de l'Est aujourd'hui. Le processus d'émancipation des femmes passait par l'appropriation des symboles de réussite. Il fallait se dégager les pieds de la gadoue des chantiers. Les gamines voulaient échapper au sort de leurs mères, elles découvraient la pilule et l'amour libre. Coucher avec un type était un signe de libération, coucher sans barguigner, sans projet d'épousailles. Tout ça est bien fini. Aujourd'hui, elles négocient tout et, à l'exception de quelques attardées mentales, je vous défie de séduire la moindre jolie fille douée de deux sous de jugeote avec votre Mercedes. Le temps du colonialisme sexuel est révolu. Désormais, ce sont les femmes qui fixent la monnaie d'échange — amour, fidélité, concentration et implication dans la famille, généralement peu nombreuse. C'est pourquoi je dis que la société se féminise. Parce que les mâles acceptent bon gré mal gré cet état de fait. Après tout ils ont été élevés par leurs mères. Dans le même temps, cela consacre le règne de la gauche pragmatique et libérale, désormais aux affaires dans la plupart des sociétés occidentales. Le mâle est ainsi « fixé », tenu à l'abri de ses aventures idéologiques, et des risques de dérapage qui pourraient en découler. Dès lors, la vision de l'avenir se borne à la clôture de nos jardinets, et le projet collectif se résume à l'éducation pragmatique de nos progénitures cybernétiques... On ne peut pas prétendre à tout.

— Mais enfin, cessez de vous dérober. Pour ce

qui vous concerne, répondez-moi franchement, quelle importance accordez-vous à l'amour ?

— Ah, ça…

Eugène prend un air songeur. Il caresse sa barbe en lorgnant la bouteille de bordeaux vide. Je sens derrière moi une présence. En me retournant, j'aperçois trois femmes toutes vêtues de rose, la cinquantaine environ, assises à une table assez proche de la nôtre pour que je puisse en déduire qu'elles n'ont pas perdu un mot de notre conversation. Sous mon regard insistant, les indiscrètes plongent le nez dans leur tasse de thé en gloussant. J'en conclus que notre échange ne leur est peut-être pas indifférent.

Eugène, lui, me dévisage avec gravité. Il me donne l'impression que j'ai commis une faute.

— Qu'avez-vous, Eugène ? Quelque chose ne va pas ?

— J'ai soif.

Il a prononcé le mot « soif » d'un ton de commandement. J'appelle le garçon. J'ai complètement oublié mon réveillon, mes amis, la foule qui se presse toujours plus nombreuse au-dehors.

J'ai soif moi aussi. Une irrépressible envie de boire. De boire et de me soûler. Prendre une cuite sidérale en compagnie de mon lumineux compagnon d'un soir. Divine surprise. Car, il me faut bien l'admettre, personne dans mon entourage n'arrive à la cheville de cet étrange bonhomme, avec sa faconde à maintenir éveillé un régiment de marmottes, son phrasé si particulier, si persuasif, et sa voix, basse, théâtrale, intégralement au service d'une intelligence sans faille, une intelligence vivante et communicative.

À la place du garçon qui avait pris notre première commande, paraît une jeune fille élégante, belle à ravir, âgée tout au plus d'une vingtaine d'années. Je lui demande d'avoir l'amabilité de nous apporter une autre bouteille de château-gazin. Du même millésime, si cela est possible. Ça l'est. Eugène paraît tout à coup joyeux, détendu, presque reconnaissant à mon égard.

— Avouez que, pour aborder un sujet pareil, il nous faut bien ça.

L'affriolante serveuse revient avec un flacon de bonne facture qu'elle débouche avec des gestes de professionnelle. Ses mains de porcelaine, vives et blanches, semblent caresser le goulot de la bouteille. Elle s'apprête à verser un peu de vin dans le verre d'Eugène, se ravise, apporte deux nouveaux verres et demande à mon compagnon de bien vouloir goûter le breuvage pourpre.

— Parfait, dit Eugène. (Et, à mon intention :) Je ne regrette pas d'avoir effleuré votre fichu carrosse, mon bon prince. Vous êtes peut-être un peu aigre, mais pas mesquin.

— Je vous en prie, c'était un plaisir pour moi.

— Vous remarquerez que quand on parle de la belette, on en voit l'oreille. Nous parlions de la condition féminine, et nous voilà entourés de femmes. (À voix basse :) Derrière, devant, gardons-nous à gauche, gardons-nous à droite, parbleu ! Louis, méfions-nous des élucubrations... que nous allons sortir.

— Les femmes, l'amour, ça vous fait peur, avouez-le...

— Allons, allons, n'exagérons rien. Seulement, c'est une question que les philosophes ont toujours évitée, une question taboue. Parce que vous ne pouvez pas parler contre l'amour, vous n'auriez plus d'audience, il est intouchable, c'est la valeur suprême, universelle. En fait, vous ne pouvez rien en dire, sinon vous borner à quelques lieux communs. Le sujet est philosophiquement désaffecté, trop risqué à tous points de vue, trop subversif. On peut d'ailleurs considérer que si le mot *philosophie* signifie étymologiquement « amour de la sagesse », l'amour est, lui, à l'opposé de cet idéal de sagesse. Il représente la passion, le débordement, la fureur vitale, l'assujettissement des sens, et finalement la chute : ce n'est pas pour rien que l'on parle de « tomber amoureux ». Les philosophes se tiennent à l'écart de ce champ de mines. En ce qui me concerne, puisque ça vous tracasse, je vous dirai que cette affaire ne me concerne plus vraiment. J'ai beaucoup donné et, à mon âge, on devient calme sur le sujet, mais ça ne m'empêche pas de penser que cet élan pulsionnel, toujours excessif, s'apparente à une manifestation panique, à un besoin d'oublier son moi dans une chair extérieure, à une tentative désespérée pour échapper à l'emprise du vide. Vide que l'on ressent toujours plus cruellement dans la solitude. On aime parce qu'à deux on a moins peur du néant, on aime pour se rassurer, se réchauffer et conjurer la mort. D'ailleurs, de ce point de vue, avec la procréation, l'amour remplit bien son rôle : il est même miraculeux, il comble littéralement le vide. Le fameux coup de foudre, ce big-bang affectif, est un état absolument divertissant, de nature extatique. Il court-circuite le libre arbitre, annihile l'état de conscience et vous soulage de vous-même pendant quelque temps. Mais l'effet ne dure pas, les amants sont inéluctablement exposés au laminoir du temps qui passe et érode les sentiments, ils sont assujettis au dur désir de durer... C'est pour cette raison que je n'aime que les rencontres, les débuts, en amour comme en amitié, ces instants précieux où l'autre, frémissant, est encore un étranger qui fascine, un illusionniste qui vous fait croire à l'infini, le temps éphémère d'un miracle partagé. Tous les êtres semblent extraordinaires lorsqu'ils sont inconnus, nimbés de leur mystère, à bonne distance. On peut projeter sur eux les plus beaux rêves, imaginer le commencement du monde... L'étranger recèle une dimension messianique. Et si c'était l'élu ? Au début, chacun donne le meilleur de lui-même, se surveille, fait attention à sa parure, à ses idées. Il se montre prévenant, attentif, tout sourire, enchanteur... C'est l'histoire du Prince Charmant et de la Belle au bois dormant. Mais c'est vrai en toute chose : l'homme ne crée qu'au début. Dans quelque domaine que ce soit, seule la première démarche est intégralement valide. Celles qui suivent barguignent et se repentent, s'emploient parcelle après parcelle à récupérer le territoire dépassé. C'est ainsi, il n'existe pas de passion durable, pas plus qu'il n'est de séisme continu ou de fièvres ininterrompues, tout finit toujours par retomber. C'est pour cela qu'il ne faut pas s'attarder, qu'il est préférable d'être partout un passant, sinon la grâce s'évanouit avec la durée. Le temps est abrasif à cause de la répétition, toujours l'ennui, le terrible ennui pointe son mufle... Je me souviens de ma dernière passion, il y a déjà longtemps. Elle avait une bouche faite pour la dévoration, un œil éclatant, un corps à engendrer des gladiateurs, un vrai soleil ! La seule vision de sa nuque me bouleversait. Dans les premières semaines, je rampais sur elle inlassablement, j'éjaculais rien qu'en lui touchant la main. Et puis, au bout de quelques mois, l'ennui s'est installé, subrepticement. Au début, on n'y fait pas attention, au contraire, ça repose, on déborde de tendresse, au détriment de la ferveur, parce qu'en définitive, comme l'explique si bien George Steiner : « On a beau exalter les variétés de la dynamique sexuelle, les faits sont là : la gamme des plaisirs possibles et imaginables est extrêmement réduite. La logique de l'orgasme impose un épuisement assez rapide, et de fréquents interludes. Le système nerveux est ainsi fait qu'une série de stimuli répartis sur le corps humain ne tend à provoquer en retour qu'une sensation unique et quelque peu confuse. L'idée que l'on peut doubler la jouissance en adjoignant au coït proprement dit une experte opération sodomique relève de la naïveté. Lorsque l'on a placé le corps dans toutes les postures possibles — il faut tenir compte des lois de la pesanteur —, lorsqu'on a mis en contact réciproque le maximum de zones érogènes du plus grand nombre de participants, que ce soit par abrasion, succion, friction ou intrusion, que reste-t-il d'autre à accomplir ou à imaginer [1] ? » On a vite fait le tour de ces acrobaties. Toujours se lève une aube grise, pour nous rappeler que les choses n'ont guère changé depuis que l'homme a rencontré la femme. C'est ainsi, il faut s'y faire, notre capacité de jouissance est très limitée et elle se heurte fatalement à notre idéal de l'amour illimité, à notre soif d'absolu. Promiscuité atterrante entre l'ange et la bête qui se rencontrent brutalement, au cœur même de l'homme.

— Eh bien, Eugène, on ne peut pas dire que vous soyez fleur bleue.

— Pourquoi ? Vous êtes un comblé de l'amour, vous ? Vous trouvez que tout va si bien que ça dans les alcôves ? Pourtant, il suffit de regarder autour de soi pour s'apercevoir que l'amour est un jeu de massacre. En amour, on est à la fois bourreau et martyr, on se fait souffrir l'un l'autre, et le pire c'est que c'est bon parce que, quand on ne souffre pas, on s'ennuie, et ça c'est carrément l'horreur… En définitive, la seule

1. George Steiner, *Langage et Silence*, Le Seuil, 1969 (rééd. 10/18, 1999).

version acceptable de l'amour est sa version zen, bouddhique : aimer, c'est compatir, épouser la souffrance de l'autre. Si l'on ne ressent pas cette compassion, qui passe par l'oubli de soi, c'est que l'amour narcissique l'emporte sur l'abnégation et le don de soi. On s'aime soi-même à travers l'autre, on aime être aimé en somme. C'est un phénomène très répandu qui aboutit à la frustration parce que l'autre finit toujours par se dérober à cette forme d'amour égoïste. Tôt ou tard, il s'échappe. C'est un point que les Occidentaux ne comprennent pas parce qu'en Occident l'amour physique n'est pas associé au sentiment : il est considéré comme dégradant, animal, un peu sale, un plaisir des bas instincts. Et dans tous les cas il est considéré comme un péché, le fameux péché de chair qui pèse sur l'Occident, regardez l'affaire Lewinsky. Les Orientaux n'ont pas cette perception, ils ne sont pas écartelés entre l'ange et la bête, entre la maman et la putain. Ils ne considèrent que l'homme dans son unité, l'homme et sa souffrance et, d'une certaine façon, ils prennent le plaisir plus au sérieux en ce qu'il permet de soulager l'autre et pas seulement d'en tirer parti pour soi-même… Mais le sujet est inépuisable, vous m'avez compris.

— Je ne vous suis pas tout à fait. Le plaisir sexuel en Occident n'est pas qu'un plaisir frelaté. Quoi qu'on en dise, le sexe reste quand même la grande affaire des hommes. Le sexe, l'amour, la séduction : supprimez ces moteurs et l'humanité se réduira à une légion de frustrés et d'apathiques ! Sans parler des répercussions démographiques…

— Oh, ne vous inquiétez pas pour la perpétuation de l'espèce ! Vous en trouverez toujours assez pour assouvir leurs pulsions reproductrices sans s'embarrasser de considérations philosophiques… Dans le fond, ce n'est pas tant le problème du plaisir qui est posé à notre société que celui du désir. Quel est notre désir ? Voilà la question. En dehors de l'hédonisme narcissique, strictement individuel, quel peut être aujourd'hui le désir de l'homme contemporain ? Être de plus en plus riche ? De plus en plus puissant ? Rester jeune le plus longtemps possible ? La belle affaire ! On sent bien que tous ces petits rêves sont insuffisants et que, de surcroît, dans un monde fini, le principe du progrès illimité est une utopie. Alors, être aimé par un maximum de partenaires ? Être infiniment cultivé ? Se consacrer à l'art ? Devenir mystique ? Fou de sport ? Passionné de gastronomie ? Collectionneur de papillons, de boîtes de camembert ? La marge de manœuvre est étroite, et en tout cas s'est rétrécie. Par exemple, vous ne pouvez plus être explorateur, découvreur de terres inconnues, vous couvrir de gloire sur les champs de bataille. L'époque ne se prête pas à l'héroïsme, le désir d'aventure est certainement celui qui est désormais le plus réprimé. Même l'aventure mystique est révolue. La Trappe ne recrute pas plus que la Légion. La nouvelle abbaye de Cluny aujourd'hui, c'est Wall Street ou la Silicon Valley, les nouveaux moines ont le nez collé sur leurs écrans informatiques.

Je me verse coup sur coup deux verres de vin. Bientôt, je ne serai plus en état de mettre un pied devant l'autre. Je suis doublement grisé, par le pomerol et par les vues audacieuses d'Eugène dont la verve semble intarissable. Ce type est une fontaine. La philosophie ruisselle de toute sa personne comme une eau claire. Je ne saurai probablement jamais d'où il vient, quel malheur ou quel chagrin l'a jeté à la rue, si même il possède un toit : j'ai compris d'instinct qu'il n'aime pas parler de lui. Ni de moi. Nous planons à d'autres altitudes, bien au-delà de nos petites personnes. J'éprouve la sensation de survoler des siècles de pensée. Nous sommes deux supersoniques dont le kérosène serait le château-gazin 1966. Comme je ne suis plus d'humeur batailleuse, j'atterris en douceur.

— À considérer, dis-je, que le désir soit au cœur de nos préoccupations, je me demande si nous désirons trop ou pas assez.

Eugène s'exclame, sûr de lui (à moins qu'il ne soit complètement soûl) :

— Les deux ! On désire mal, à côté de la plaque, écartelé entre le grand désir d'idéal, inassouvi, qui ronge et débouche sur une immense frustration, et le désir matériel, bien concret, qui nous assomme d'ennui, parce que nous sommes contraints par les circonstances à désirer « petit », nous avons de « petits désirs impérieux ». À cause du fait démographique, des moyens de communication et de télécommunication, de la télévision, de l'automobile, de l'avion, du fax, du téléphone portable, de l'ordinateur, chaque individu a étendu de manière considérable son champ d'intervention, son espace vital s'en trouve paradoxalement réduit parce que l'espace s'est rétréci, la planète n'a jamais été aussi petite et les hommes à le savoir si nombreux, fatale confrontation ! Fatale pour le désir... Le fait est que, plus que jamais, il serait préférable de limiter l'importance du désir dans ce que l'on peut appeler le champ de conscience pour éviter qu'il ne se transforme en souffrance, et d'accepter enfin que la voie du juste milieu, la recherche de l'équilibre en toutes choses, constitue l'état optimal de relatif bien-être auquel un être humain peut prétendre. Être conscient que l'équilibre, *la voie du milieu*, appelons ça comme on veut, reste la seule issue praticable, mais que cette voie requiert, hélas, une faculté d'impassibilité — vis-à-vis des stimuli de toutes sortes — dont peu d'entre nous sont dotés. D'autant plus que la seule manière de se sentir vivant est justement de réagir à ces stimuli, et d'être désirant — douloureux paradoxe...

Moi qui ai déjà le désir mollasson, je me demande ce que serait mon existence si j'arrêtais tout simplement de désirer quoi que ce soit. Je fais part de mon trouble à Eugène, qui s'insurge, catégorique :

— Vous n'y arriverez pas, personne n'y est jamais arrivé, même le Bouddha s'est fracassé sur cette idée, parce que, en définitive, seul le désir nous fait agir, avancer à tâtons dans le noir, puisque l'expérience et, d'une manière générale, la connaissance n'éclairent que le chemin parcouru. Seul le désir nous permet d'affronter l'obscurité, l'inconnu, l'imprévisible. On ne devient Baudelaire qu'après coup. De son vivant, Baudelaire n'était pas Baudelaire, c'était un pauvre diable qui se débattait pour survivre, placé sous tutelle financière, qui passait son temps à quémander de l'argent, et qui est mort, ulcéré, à quarante-six ans d'une attaque d'apoplexie. Encore une fois, aucune philosophie n'a montré aucune voie, les philosophes et les penseurs de tout poil n'ont fait que nous prodiguer des conseils de sagesse, ou nous proposer des systèmes d'organisation sociale, tous plus impraticables les uns que les autres. Aucun projecteur n'est capable d'éclairer pour nous le chemin à venir, et seul le désir nous pousse à nous y engager quand même. Gardez-vous d'être sans désir, vous ne pourriez plus avancer, il ne vous resterait plus qu'à vous coucher pour mourir. La question n'est pas d'être désirant ou non désirant, la question est toujours : quel est notre désir ? Que peut-on, que doit-on désirer ? Qu'est-il raisonnable de désirer ? Qu'est-ce qu'un désir raisonnable ? Comment préserver une certaine joie de vivre et échapper à ce cauchemar consumériste que la cybersociété climatisée nous propose ? Eh bien, en désirant large, ample, loin et haut, en cessant de désirer des objets, des maisons, des automobiles, des tapis, des tableaux, des piscines, des vacances par-ci, des croisières par-là, en se débarrassant de tous ces désirs de pacotille et en se posant la question du désir généreux, du désir puissant, du désir modificateur, voilà la vraie responsabilité qui est la nôtre, l'interrogation vitale de l'homme libre : *en quoi mon désir peut-il contribuer à améliorer le monde ?*

Eugène m'apparaît maintenant moins farfelu. Malgré sa véhémence, son discours est en réalité sous-tendu par une ligne directrice dont il ne dévie que pour mieux retomber sur ses pieds. Il va revenir à coup sûr à son idée fixe : le don. Je m'amuse à jouer les Candide et lui demande :

— Alors que proposez-vous ?

— Le don.

Gagné ! Je me figure mieux le sens de l'expression « être sur la même longueur d'onde ». D'autant que mon compagnon ajoute :

— Vous l'aviez deviné, n'est-ce pas ? Je vois dans votre regard que vous avez compris ma façon de raisonner. Vous avez dû être un bon étudiant, Louis.

— J'étais un cancre. C'est par moi-même que j'ai découvert la philosophie, en lisant des bouquins ici et là. J'ai toujours eu du goût pour la spéculation intellectuelle, et voyez où j'en suis, je ponds des slogans pour des marques de yaourts. En fait je n'ai pas su résister au confort, au luxe, au plaisir. Et puis, à la fac, mes profs m'auraient plutôt détourné de la philosophie, et même dégoûté. Je dois dire que vous les dépassez d'une tête, mon bon maître. Maintenant — je sais que ça vous tient à cœur — expliquez-moi ce que vous entendez précisément avec votre sacré don.

— C'est facile, le don sous toutes ses formes. Le partage, le pardon, la compassion, l'attention à autrui, l'attention de tous les instants. C'est l'unique voie qui nous reste pour réenchanter le monde. Elle n'est pas nouvelle, mais elle reste la seule solution offerte à l'humanité pour échapper au déclin, à l'épuisement, voire à la disparition pure et simple.

— Mais donner quoi, à qui, comment ? Pour donner, il faut avoir quelque chose à donner, et donc travailler, gagner de l'argent, produire, bref faire le jeu du système que vous dénigrez. On retombe fatalement dans l'engrenage infernal du matérialisme. D'autre part, donner ne revient-il pas à encourager une certaine passivité, chez le receveur, voire une forme de parasitisme social ? Voyez tous ces soi-disant pauvres qui se gardent bien de travailler et se contentent de tendre la main. Autrement dit : comment — je reprends votre expression — réenchanter le monde sans se faire plumer ?

— Évitez ce genre de faux problème. Vous n'empêcherez jamais les parasites et les fainéants de pulluler. Vous connaissez la meilleure façon de marcher ? Bottez-leur les fesses, bastonnez-les, ou bien ignorez-les. Faites ce que vous voulez, mais donnez ! D'ailleurs votre objection ne tient pas. Il ne s'agit pas de donner tout le fruit de votre travail à tort et à travers. Et pourquoi se soucier des faux pauvres alors que les vrais sont légion ? Évidemment, mon cher, très cher Louis d'or, de votre point de vue, vous ne la voyez guère, la pauvreté...

Eugène, malgré les vertus tonifiantes de ses invectives, me pique au vif. Il m'enferme dans le cliché du publicitaire cynique et superficiel qui a réussi et se moque de ce qui se passe autour de lui. Je ne dissimule pas mon agacement.

— Pardonnez-moi, Louis, je ne peux pas m'empêcher de titiller la vanité de ceux que je côtoie. Rassurez-vous, je ne cherche pas à vous réduire à votre caricature. Vous y parvenez très bien tout seul, d'ailleurs. Mais philosopher, c'est aussi provoquer, pousser les gens à se poser des questions...

Je bois un verre de bordeaux et ma honte en même temps. Eugène poursuit son idée.

— Comprenez-moi, le don, c'est l'acte gratuit par excellence. En donnant, vous exercez pleinement votre capacité de liberté. En donnant, et seulement en donnant, vous vous sentez libre. C'est cette sensation qui procure une joie intense et vous permet d'échapper à l'aspect programmé d'une existence soumise aux règles sociales et au réflexe animal de défense du territoire, de domination dans le groupe, de prise de pouvoir sexuelle, de guerre pour la survie et la reproduction. En fait, par la pratique du don, vous vous élevez à la dimension supérieure : vous vous faites homme. Mais la pratique du don ne se borne pas à l'aumône. Quand vous créez une œuvre, que vous soyez artiste ou artisan, vous donnez. Quand vous faites l'amour avec ferveur et sincérité, c'est-à-dire en considérant l'autre comme plus important que vous-même dans cet échange de caresses et de baisers, vous donnez. Quand, dans une conversation, vous ne vous contentez pas de monopoliser la parole mais que vous écoutez l'autre avec attention en l'aidant ainsi à s'exprimer librement, vous donnez. Quand, lors d'une compétition sportive, vous renoncez à gagner parce que vous préférez aider un candidat défaillant à repartir, vous donnez. Je pourrais multiplier les exemples. Mais vous m'avez compris. Et, pour en revenir à la notion de responsabilité, il est important de la considérer comme un soulagement, non comme un poids ou un devoir. L'exercice de la responsabilité permet à l'homme de se libérer. Vous n'êtes pas responsable de tout ce qui advient mais vous êtes responsable de la manière dont vous réagissez quand les choses arrivent, à moins d'être pathologiquement irresponsable. Et quand les choses arrivent, avec toute l'injustice de la fatalité, il ne sert à rien de gémir sur votre mauvaise fortune en invectivant le monde entier. C'est dans la manière de réagir à ce qui vous arrive que vous pouvez exprimer votre liberté d'être, et cette réaction passe d'abord par la maîtrise de soi.

— Je vous trouve convaincant, Eugène. Mais pardonnez ma franchise : votre raisonnement me paraît aussi un brin moralisateur, puritain, et, pour tout vous dire, vaguement banal, ennuyeux.

Je suis peut-être blasé, complètement ranci, qu'en pensez-vous ?

Inutile de préciser que je ne pense pas un traître mot de ce que je viens de dire. Mais, après tout, il l'a dit lui-même : philosopher, c'est aussi provoquer…

— Si c'est vous qui le dites, qu'y puis-je ? Vous feriez mieux de vous demander ce qui vous intéresse réellement dans la vie. Quel est votre désir ? Y avez-vous songé ? Quel choix croyez-vous avoir ? La plupart des hommes entre deux âges, plus tout à fait jeunes, pas encore vieux, se posent la question du bonheur sous l'angle de la sexualité. Ils mesurent leur réussite à l'aune de leur libido. L'argent, les titres, tous les pouvoirs qu'ils ont pu acquérir sont au service de cette seule obsession : bander le plus longtemps possible. Je parle crûment mais si vous considérez que votre bien-être mental et physique dépend essentiellement du nombre de galipettes que vous allez pouvoir accomplir, vous êtes foutu, fatalement. Avec le temps, et l'âge, le sujet deviendra de plus en plus crispant. Si vous n'avez pas un imaginaire suffisamment riche, une vie intérieure poétique, spirituelle, éclectique, vous allez au-devant de la souffrance, de la détresse, du dégoût de soi.

Sur ce point, Eugène se trompe de cible. Le sexe n'est pas, de très loin, ma préoccupation principale. Même si je dois reconnaître que ce qu'il vient de dire colle à merveille à la plupart de mes amis qui ont franchi le cap de la quarantaine.

J'adopte un ton badin, renouant avec mon rôle de contradicteur.

— Je n'ai pas l'obsession des galipettes parce que je suis trop paresseux pour cela, pourtant il me faut reconnaître qu'entre deux aventures je m'ennuie, d'ailleurs tout le monde s'ennuie dans cette situation. Le sexe, et « les sentiments qui vont avec », restent la grande affaire du temps, mais je crois que ce n'est pas tant le goût du sexe qui motive un tel comportement que la peur de l'ennui. L'homme baise pour ne pas s'emmerder, vous ne croyez pas ?

— Ah non, pas seulement. En ce qui me concerne, j'ai eu beau admirer les plus grandes œuvres d'art, contempler les plus beaux paysages, m'émouvoir des pensées les plus élevées, je n'ai jamais rien connu de plus palpitant qu'un beau cul de femme qui se révèle à vous pour la première fois. Et je dis bien « palpitant »... C'est ainsi, il faut le reconnaître, le sexe est le divertissement suprême, le passe-temps favori des humains. Il n'empêche qu'il prend trop de place, il est envahissant, et surtout il ne comble rien durablement, c'est la tyrannie des hormones, la seule extase tangible pour tout un chacun, à la portée de tous. Le pouvoir subversif du sexe est aussi vieux que la philosophie. C'est bien pour cela qu'Antisthène, le premier des cyniques, afin de se débarrasser du problème, prétendait que, s'il croisait Aphrodite, il l'étranglerait de ses propres mains, afin de rester autarcique, aussi libre que possible, et que Diogène, sans complexes, fréquentait les lupanars en s'écriant : « Et alors ? Le soleil pénètre bien dans les latrines sans en être souillé ! » Tous les sentiments puisent leur absolu dans la misère des glandes, et il n'est pas souhaitable d'être à la merci de ses glandes. Réussir à être désirant tout en restant indépendant de ses désirs pour ne pas en être l'otage, voilà le défi lancé par la vie à l'homme libre. En terme de responsabilité, cela se traduit par la nécessité de penser ses désirs, de les sélectionner avec soin et, enfin, d'en abandonner la plupart pour ne conserver que ceux qui sont porteurs de joie et vous font l'âme légère. Le don est le premier de ces « désirs pensés », le don sous toutes ses formes, l'acte créateur, le baiser plein de ferveur, le partage du pain, l'éducation des enfants, l'attention aux vieillards, le respect de la nature et des animaux, la douceur et l'écoute, le soin aux malades, la main tendue aux humiliés, aux misérables, aux défaillants de toutes sortes, voilà bien certainement la meilleure façon de chasser l'ennui. Non, je vous l'assure, le sexe n'est pas une fatalité. Il l'est d'autant moins que dans les faits, et même s'il est physiologiquement à la portée de tous, il ne concerne qu'une petite partie de privilégiés, les « nantis du sexe », car la majorité de la population a peu accès au sexe, on en parle beaucoup mais il est peu pratiqué. C'est bien pour ça qu'il est surévalué. Son accès est limité par le niveau de vie, l'âge, l'apparence physique, le manque d'audace, la fatigue, que sais-je encore. Mine de rien, le sexe aussi est un luxe, un signe de réussite ; le Kama Sutra n'est pas à la portée de tout le monde, c'est certain.

— Mais, Eugène, le don est difficile à pratiquer, il ne va pas de soi. Les gens ont trop tendance à vous prendre pour un imbécile, ils ne rendent pas les invitations, au moment de l'addition c'est à celui qui mettra la main à la poche le plus tard possible. Vous passez vite pour un prodigue infatué qui cherche à impressionner par ses libéralités dès que vous offrez en dehors des dates prévues à cet effet. Vous donnez le moindre conseil et on vous prend pour un donneur de leçons. Vous prêtez de l'argent et votre débiteur, qui se disait hier encore votre ami, change de trottoir dès qu'il vous aperçoit pour ne pas avoir à se remémorer sa difficulté passée. La main tendue passe pour de la faiblesse alors que le poing brandi fascine. Non, je crois la nature humaine foncièrement exécrable, et j'ai bien davantage envie de lui botter les fesses que de l'encourager dans sa rapacité. Voilà, en réalité, ce qui me fait jubiler parfois, botter les fesses de ces scélérats, mesquins, tricheurs, hypocrites, retors, et terriblement lâches, mais je n'en suis pas fier pour autant, j'en serais même plutôt accablé dès que j'ai décoché mon coup de pied. C'est une joie de courte durée, il me faut le reconnaître. C'est une joie un peu triste en quelque sorte...

— Mais parce qu'il faut que ce soit votre geste qui vous mette en joie, non la réaction de l'autre. Vous n'avez pas vocation à changer la nature humaine, c'est impossible. Vous souffrez par idéalisme. Ne rien attendre en retour, voilà la caractéristique de l'acte gratuit. Oubliez l'homme, ses faiblesses, et gardez le geste. L'altruisme est une affaire personnelle, une disposition intime qui ne concerne que vous, une esthétique du comportement, une éthique. Ne vous souciez pas des hommes, ils sont souvent décevants. Vous seriez vite submergé par le nombre de têtes à claques. L'important n'est pas ce que les autres pensent de vous, ni ce que vous pensez d'eux, mais ce que vous pensez de vous-même. On peut échapper au jugement des autres, pas à celui qu'on a sur soi-même. Il n'y a pas d'arrangement possible avec sa conscience. Ce qui compte, c'est le courage face à la vie et aux choses qui vous arrivent, un courage simple qui se révèle par l'exercice de la responsabilité au quotidien. On n'a pas tous les jours l'occasion de charger à Austerlitz à la tête d'un escadron de hussards, ni de poser le pied sur la Lune sous les yeux ébahis de l'humanité tout entière. Mais, tous les jours, on a la responsabilité d'être soi et de faire son métier d'homme. Cette pratique de la responsabilité personnelle, exercée au quotidien, en toute chose, est seule garante du sentiment de liberté, qui permet l'accès au statut rare et vivifiant d'homme libre. Ce statut porteur de joie fait de vous un dieu parmi les hommes parce qu'il contribue à améliorer le monde. C'est en ce sens que ceux qui donnent seront sauvés. Sauvés de l'ennui, sauvés du néant, sauvés de l'oubli, sauvés de l'épuisement, mais surtout sauvés par eux-mêmes. Vous êtes-vous demandé quel est le contraire de donner ? C'est prendre. Les hommes ne pensent qu'à prendre. De manière pacifique quand la prise est facile, offerte, que la matière première abonde, c'est la partie de pêche ou le bal, et de manière belliqueuse ensuite lorsqu'elle se raréfie, c'est la prise de guerre et l'enlèvement des Sabines. Le problème, c'est l'avidité et la recherche constante de domination. Parce que l'homme ne se contente pas de prélever selon ses besoins. Il prend selon ses désirs, et ceux-là sont insatiables. Pour les satisfaire, il doit dominer, et la domination elle-même constitue la première source de jouissance. Elle est donc puissamment désirée et constitue la première cause de l'effroyable compétition dans laquelle l'homme s'épuise et perd son humanité. C'est pourquoi j'affirme que seul le don, la pratique du don sous toutes ses formes, peut le sauver ou du moins retarder sa disparition. C'est en inversant le processus, en passant de la prise au don qu'on peut espérer briser l'élan du toujours plus, et freiner les forces de destruction que les physiciens appellent forces d'entropie.

Aurais-je le vin mauvais ? Je croyais l'avoir joyeux. Toujours est-il que j'éprouve une certaine lassitude à suivre ce discours, trop moralisateur à mon goût. J'avais cru avoir affaire à un rebelle marginal, et voilà qu'Eugène m'apparaît soudain sous les traits d'un prêcheur exalté. Les clients sortent les uns après les autres du café où nous sommes échoués, fossiles oubliés d'une espèce pensante en voie de disparition. Nos voisines, peut-être lasses de nos réflexions stratosphériques et austères, ont levé le camp vers des cieux plus riants. Minuit va sonner dans un peu plus d'une heure. L'Opéra, petit à petit, se vide, comme se vide notre bouteille. La vraie fête va se jouer sur les Champs-Élysées, à la Concorde, au pied de la tour Eiffel illuminée. Cette fête, qui me paraissait il y a une heure encore dérisoire et grotesque, j'en viens à regretter de ne pas y participer, de ne pas me mêler, homme parmi les hommes, sot parmi les sots, à la foule en liesse, à la foule bête et heureuse de l'être. Je peux à tout moment rompre notre conversation. Mais je me dis dans le même temps que cet intant est rare, que je ne rencontrerai pas de sitôt un énergumène aussi fin et passionné qu'Eugène, et que je regretterai demain d'avoir laissé passer une occasion aussi belle de faire le point, de revenir sur mes pas, de remettre en question mes certitudes, du moins le peu qui m'en reste. Derrière le bar, la jolie serveuse jette de temps à autre un coup d'œil dans notre direction. L'heure va arriver où elle nous priera de l'excuser : le Grand Café va fermer.

Eugène quant à lui ne donne aucun signe de

lassitude. Mieux, il exulte. À le voir ainsi, je me sens gagné par sa joie. Pour l'en remercier, je commande « la même chose » à la jeune employée ; et, dans l'espoir un peu sadique de voir mon interlocuteur mordre la poussière, je lui lance tout à trac :

— Séduisant mais pas nouveau. S'il suffisait de donner pour être heureux, ça se saurait, non ? Après tout, le message chrétien est fondé en partie sur cette idée, et voilà deux mille ans qu'elle est inefficace.

Ravi de voir arriver notre troisième bouteille, et entre d'aussi jolies mains, Eugène plisse les yeux de plaisir, mais la réplique gronde.

— Parce que, dans le christianisme, elle est devenue une idée marchande, fondée sur le principe de la rédemption. Le don sert à échapper aux flammes de l'enfer, à se racheter, à prétendre à la vie éternelle. Rien d'étonnant à ce qu'elle soit inefficace, en quoi l'homme exprime-t-il librement sa responsabilité dans ce contrat puéril ? Le don chrétien s'assimile à une sorte de ticket pour le paradis. Le message du Christ a été dénaturé par l'Église, qui en a fait un instrument de pouvoir, un dogme asservissant, une monnaie d'échange. Vous me dites qu'il ne suffit pas de donner pour être heureux. Mais qu'est-ce que vous croyez ? Ce n'est pas si facile de donner. C'est peut-être même une des choses les plus difficiles qui soient, parce qu'il faut savoir donner. Cela ne va pas de soi. Par exemple, dans certaines sociétés primitives, les cadeaux sont perçus comme des menaces, car ils doivent faire l'objet d'une compensation en retour, d'une valeur égale, voire supérieure, à ce qui a été offert. Cette surenchère peut déboucher sur une déstabilisation et une prise de pouvoir. Donc, première précaution, premier principe : apprendre à donner sans mettre l'autre mal à l'aise, sans l'inquiéter ni l'humilier. Et ce n'est pas si facile ; celui qui reçoit est extrêmement sensible à votre attitude, qu'il peut interpréter comme une volonté de domination. Ensuite, il faut aussi que le système dans lequel vous vous exprimez — cercle familial, amical, social, humanitaire ou autre — vous permette de donner librement. Vous n'avez pas le droit d'être prodigue. Juridiquement, vous pouvez même être déclaré irresponsable, par de futurs héritiers par exemple. Car le don est subversif, surtout si vous êtes fortuné. Vous trahissez votre caste, vous passez pour anormal. Donner n'est pas perçu comme un comportement naturel, surtout en dehors des sébiles officielles. Enfin, il faut pouvoir donner sur le plan pratique, concrètement, et là aussi vous serez confronté à des blocages terribles : par exemple l'argent électronique qui interdit le don anonyme, qui fiche vos faits et gestes pour d'excellentes raisons sécuritaires — fiscalité, argent sale, etc. L'ordinateur contrôle de manière absolue votre champ opératoire : le geste gratuit est immédiatement enregistré et bon pour valoir ce que de droit. La monnaie électronique, que l'on nous promet pour bientôt, sonne le glas de la liberté et annonce l'avènement de la consommation moutonnière à laquelle les marques mondiales, et leur marketing impérialiste, aspirent tant. Vous le savez bien, c'est même votre métier ! Vous voyez que les obstacles au don sont nombreux. Notre incurable faiblesse aussi en est un. Et de taille. Nous sommes faibles parce que nos idées sont assujetties à nos sensations. Nous suivons plus souvent la voie de nos humeurs que celle de nos convictions, nous manquons de constance, nous sommes trop sensibles à l'air du temps, à la mode, aux stimuli de toutes sortes. Un air de musique militaire et on se surprend à redresser le menton, une sérénade au clair de lune et on se focalise sur la copine de promenade en se fichant pas mal des autres, on se dit qu'on est tombé amoureux et qu'on n'y peut rien, on se déclare vite irresponsable, c'est bien commode ! Savoir donner est une forme d'ascèse qui exige la plus grande concentration et beaucoup de courage. Le chemin qui mène à la joie est sacrément escarpé. Ce n'est pas une promenade de santé. Il faut avoir en soi une bonne volonté inépuisable.

— À vous entendre, on dirait que les gens sont devenus complètements idiots, croyez-vous sérieusement qu'ils se bornent à être de simples consommateurs ? Pensez-vous vraiment que la pensée soit en pleine déconfiture ? Je sais que cette opinion est assez répandue de nos jours. La bêtise gagnerait du terrain en poussant son Caddie...

— Mais pas du tout, la bêtise n'a pas d'âge, elle est de toutes les époques, c'est une question de mémoire, comme dans les familles, on ne retient que les bons souvenirs et on laisse les cadavres pourrir dans les placards. On croit que les hommes étaient plus intelligents autrefois mais c'est faux bien sûr, l'homme a toujours été bête, ce n'est pas une nouveauté. Et puis, la bêtise est plutôt un état naturel, un signe de bonne santé, la plupart du temps on est tous bêtes, vous, moi, y compris les esprits les plus éminents, nous pratiquons l'intelligence par à-coups, les meilleurs d'entre nous, les plus exigeants, et puis ceux qui y sont contraints, nous avons quelques moments de lucidité, des fulgurances, des états de clairvoyance, mais c'est très bref. Vous savez, l'intelligence n'est jamais où l'on voudrait qu'elle soit, où l'on s'attend à la trouver, où elle est supposée être. L'intelligence ce n'est pas l'intellectualisme, ni la raison raisonneuse, ni l'érudition accumulatrice de savoirs, c'est la *capacité de compréhension*, c'est même sa définition étymologique — du latin *intellegere*, « comprendre ». L'intelligence, c'est ce qui relie les hommes, les rapproche et contribue ainsi à améliorer le monde. Ainsi, une intelligence tournée sur elle-même, dépourvue de générosité, n'est qu'un amas de neurones, une pensée sèche, stérile, voire dangereuse, qui éloigne les êtres et engendre les conflits. Être intelligent, c'est d'abord être altruiste, on ne peut pas devenir intelligent tout seul, c'est impossible, on a besoin des autres pour s'élever et parvenir au sommet de soi-même, être intelligent c'est recevoir, et c'est aussi donner…

— Décidément on n'en sort pas, c'est une obsession chez vous…

— Oui je sais ! Je rabâche, mais je rabâche la vérité. Et puis rassurez-vous, la plupart du temps, je ne fais pas de cadeaux. Je suis bête, hélas, comme tout le monde. La bêtise des autres m'ennuie énormément et nourrit la mienne en retour. Je n'ai pas de patience et je n'ai pas toujours envie d'être intelligent en cherchant à comprendre mon entourage. Question de fatigue. La pratique du don, l'exercice de la générosité, l'attention à autrui, la capacité d'écoute, tout cela demande beaucoup d'énergie. On se heurte vite au mur physiologique, la fatigue physique nous empêche d'être bon et attentif à l'autre. Quand on est crevé, on ne pense qu'à soi, c'est fatal. À l'exception des saints, mais je n'en ai jamais rencontré. Il est vrai qu'un saint authentique doit être d'une telle discrétion... Cela dit, pour Nietzsche, une heure d'ascension dans la montagne fait d'un gredin et d'un saint deux êtres à peu près semblables. Il était encore plus pessimiste que moi. Pour lui, la fatigue était le plus court chemin vers l'égalité et la fraternité... Mais, pour en revenir au thème en vogue de la prétendue défaite de la pensée, je n'y crois absolument pas. La défaite en question s'apprécie surtout à l'absence d'intérêt que la pensée suscite. Ce n'est pas l'intelligence qui pèche, mais le peu d'intérêt qu'on lui porte. On se fout bien de comprendre l'autre. Chacun est possédé par des obsessions légitimes qu'il tente de faire partager pour obtenir de la sympathie. Bien sûr, les autres s'en fichent, les obsessions s'entrechoquent, et les portes claquent. Vous le savez bien, Louis, aujourd'hui, ce ne sont pas les penseurs qui manquent, les librairies sont pleines de livres intelligents. Le drame, c'est que la pensée n'intéresse plus. On n'en attend plus de solutions, on n'adhère plus au collectif, en dehors du caritatif qui reste l'ultime rempart de la vie sociale. On se donne des frissons en lisant l'exercice eschatologique de Houellebecq, on fricote vaguement avec le nihilisme, à l'abri dans son cocon douillet bourré d'électronique, mais on ne recherche pas l'intelligence pure, celle qui crée et qui relie après avoir fait l'effort de comprendre. La pensée n'intéresse plus le système parce que le système a triomphé : il n'a plus besoin de la récupérer, de la recycler, il n'a plus besoin d'alibi intellectuel pour se donner bonne conscience, il est devenu enfin ce que doit devenir un système, autonome, amoral, c'est-à-dire qu'il n'a plus besoin de s'encombrer d'une morale. Ce n'est plus le système qui est au service de l'homme, c'est l'inverse. Incroyable gâchis ! Il n'y a jamais eu autant de facilités pour accéder à la culture, et aussi peu de gens capables d'en apprécier la valeur. La pensée n'impressionne plus les esprits. On s'en méfierait même, comme d'une sorte d'exercice frivole. Pourtant, il n'y a peut-être jamais eu autant d'esprits forts. Étrange paradoxe de notre modernité, sans doute lié à la suprématie de la vitesse, principalement électronique, qui gouverne nos sociétés. L'obsession du temps réel joue contre la pensée et par conséquent contre l'homme, mais la machine infernale est lancée : tout le monde se tient sur le bas-côté de la route à la regarder passer en se gardant bien de tenter d'en prendre le contrôle pour la ralentir, l'entreprise est trop dangereuse. Alors on se contente d'acheter des actions et de serrer les fesses, en espérant que le Léviathan s'écrasera le plus tard possible, et en buvant du champagne, comme à toutes les veilles de catastrophe. Santé !

Eugène engloutit le contenu de son verre d'un trait et marque une pause. J'en profite pour m'excuser. Je m'extirpe avec peine de la moelleuse banquette où nous sommes assis depuis plus de deux heures et me dirige en titubant vers les toilettes. La tête me tourne. Trop de vin, trop d'idées…

Au sous-sol, je ne me suis pas plus tôt posté devant l'un des édicules en faïence que je sens une présence à côté de moi.

— Ah ça ! philosopher, c'est comme conduire. Toutes les deux heures, la pause s'impose…

Eugène pisse tranquillement, l'air concentré,

comme s'il continuait en pensée notre échange verbal. Décidément, ce bonhomme est infatigable. Lui arrive-t-il d'arrêter de gamberger ? De laisser refroidir la turbine qui lui tient lieu de cervelle ?

Tout en urinant à mon tour, je lui demande :

— Vous êtes quand même sacrément pessimiste, Eugène. C'est peut-être dans l'air du temps…

— Pas du tout, regardez les sondages : il paraît que tout va bien, enfin, que tout va de mieux en mieux. Ne croyez pas ça, les penseurs pessimistes sont nombreux mais pas les pessimistes. En ce qui me concerne, comme vous l'avez remarqué, je serais plutôt exaspéré. J'ai une pensée furieuse, ce qui m'empêche d'être fataliste. Mon tempérament d'énervé perpétuel me préserve de l'abattement. Mais la plupart des gens se moquent pas mal de ce que nous sommes en train de débattre. Ils ne croient plus aux lendemains radieux. Ils ne croient plus en grand-chose, d'ailleurs. Ils vivent dans la sensation. Ils barbotent dans le sensible. La pensée ne les intéresse pas, ils ont trop peur de ce qu'ils y découvriraient. Pour eux, tout ce qu'on se raconte, c'est sornettes et fariboles ! Ils vivent dans l'instant, *carpe diem* et Dieu pour tous.

Nous sommes maintenant devant les lavabos. Eugène se frotte énergiquement les mains, puis il s'asperge le visage avant de plonger la tête sous le robinet d'eau froide.

— Que voulez-vous, dit-il avec son air mi-rigolard, mi-roublard, on a les salles de bains qu'on peut.

Il n'y a pas de serviettes. Il s'ébroue comme un chien et déclenche le sèche-mains électrique. Pour couvrir le bruit de l'appareil, je force la voix.

— Allons, cessons de nous prendre la tête, à la fin Dieu mettra tout le monde d'accord et prendra les choses en main, comme toujours.

La perspective d'une discussion métaphysique dans les chiottes d'un bistrot parisien paraîtrait incongrue à n'importe qui, mais je tiens à mon idée. Et puis je n'en suis plus à une contradiction près. Toujours occupé à se sécher les cheveux sous la soufflerie bruyante de l'engin, Eugène tourne légèrement la tête vers moi et gueule, soudain sévère :

— Ne jouez pas avec Dieu ! Il rafle toujours la mise !

Il se redresse et se rajuste devant le miroir. La conversation se poursuit entre les reflets de nos visages, le mien fatigué, le sien tout à coup brillant d'un éclat nouveau.

— Et oui, Louis ! En cas de catastrophe tout le monde se tourne vers Dieu : il reste la plus consolante des erreurs, celle qui survivra à toutes les vérités.

— Depuis Auschwitz, je crains que ce ne soit plus très vrai. Après la découverte des camps, Dieu a plutôt perdu du terrain dans les esprits, vous ne croyez pas ? Comment un Dieu digne de ce nom aurait-il pu permettre une telle infamie ? Les Églises en sont ressorties discréditées à jamais, définitivement disqualifiées.

— Je vous donne raison sur ce point. Les religions n'ont tout bonnement servi à rien, elles n'ont rien empêché, ni même tenté d'empêcher… Elles ne s'en remettront jamais d'avoir été aussi peu *intelligentes.* De toute manière, face à l'ignominie humaine, la religion, la culture, les acquis civilisateurs ne servent à rien. À Auschwitz les nazis jouaient du Mozart le matin et torturaient des êtres humains l'après-midi, comme d'autres vont au boulot. Quand on pense à cela, comment ne pas être pessimiste, comment ne pas fulminer ? C'est pour ça qu'il ne faut jamais baisser la garde, rester d'une vigilance radicale à l'égard de la bêtise humaine.

Eugène suit sa pensée. Décidément, quand il tient une idée, il ne la lâche pas. Même après deux ou trois digressions, il y revient. Il poursuit, maintenant assis sur le rebord du lavabo, levant la main dans une attitude prophétique.

— Nous parlions du statut de l'homme. Il est impératif, Louis, vous m'entendez ? il est impératif de privilégier l'intelligence pure, celle qui crée et qui relie les hommes, par opposition à l'intelligence analytique. On reconnaît généralement un cerveau génial parce qu'il est générateur d'idées — donnez-moi une idée et je vous bâtirai un monde —, et surtout capable de susciter d'extraordinaires constructions intellectuelles, des systèmes d'organisation sociale époustouflants. C'est Kant, c'est Hegel, c'est Marx. Mais le génie est confronté à l'impossibilité de rendre sa théorie praticable. Le marxisme se dissout dans les faits. C'est ainsi : il faut que l'idée se fixe pour exister, alors elle devient fausse et ne représente plus qu'une infime partie de la réalité. Elle n'est plus qu'un bel objet mental, un instrument d'interprétation, une parcelle de réel, une émanation de la nature qui inclut la culture, toutes les cultures, et depuis toujours. C'est pour ça que les penseurs sont des penseurs dans leur coin. Des théoriciens en permanence réfutés par la vie, parce qu'il y a plus de choses sur la terre et au ciel que n'en contiendra jamais la philosophie et que, avant Shakespeare, Socrate avait déjà admis qu'il savait qu'il ne savait rien. Un penseur contemporain comme Delruelle en convient quand il dit que le monde est le produit de rencontres aléatoires et contingentes qui durent, qui se stabilisent un certain temps en une construction artificielle, pour disparaître ensuite, au profit d'autres. Il appartient à cette école de pensée contemporaine, issue de Husserl, qui a inauguré l'ère du soupçon. A contrario des Lumières, pour les penseurs du XXe siècle, l'homme n'est plus le détenteur d'un empire sur lui-même et la volonté a perdu son rôle d'arbitre capable de s'imposer à l'affectivité et aux désirs. La crise de la raison s'exerce aussi, et ce n'est pas le moindre, dans le champ scientifique. Par exemple, en 1931, Kurt Gödel a démontré qu'il existe en mathématiques des propriétés vraies qui sont indécidables. On ne peut ni les démontrer ni démontrer le contraire. La vérité cesse, avec les théorèmes de Gödel, d'être synonyme de preuve logique. En physique aussi, le déterminisme se trouve relativisé. La mécanique quantique, fondement de la physique moderne, apparaît comme intrinsèquement indéterministe. Désordres, aléas et incertitudes s'inscrivent désormais dans la rationalité. Nous vivons depuis dans un état d'incertitude radicale. La raison raisonneuse et pourvoyeuse de systèmes expliquant le monde a tout bonnement échoué. Ainsi, l'intelligence pure, plutôt que d'imposer le primat du raisonnement intellectuel comme solution à l'angoisse, pourrait se définir comme une philosophie du don et de la dépossession, du courage du vrai et de la responsabilité qu'il implique, pour permettre à l'homme de retrouver la puissance d'inspiration de sa sauvagerie originelle, c'est-à-dire de sa liberté, et par conséquent sa joie de vivre. En se détournant de soi, on se détourne du vide théoricien et faiseur de mondes, on se décentre, on ne se place plus soi-même comme sujet central de sa propre pensée, on se libère des systèmes, des points fixes et des pseudo-repères. On échappe à l'emprise de l'organisation qui, ne vous tenant plus que pour quantité négligeable, et vous fout enfin la paix parce que l'intelligence pure lui est étrangère et ne la concerne pas. Du moins le croit-elle. Si vous êtes libre, le système vous ignore ou vous tue, mais il ne vous considère pas. C'est d'ailleurs le problème majeur auquel l'intelligence pure est confrontée : elle n'est pas productive à court terme, elle n'est pas facilement mesurable, elle perturbe le système avec ses idées subversives, trop récréatives… Elle n'est, dans le meilleur des cas, qu'une perte de temps. Le reproche de trop penser est une vieille antienne, entonnée par tous les partis totalitaires, à toutes les époques. C'est Goebbels qui promettait de sortir son revolver s'il entendait prononcer le mot « culture ». Il y a aussi le célèbre « heureux les simples d'esprit, le royaume des cieux leur appartient », et tant pis pour les autres qui n'ont pas la chance d'être simples d'esprit. C'est ainsi, la pensée vraie dérange, effraie, parce qu'elle se fonde sur le doute, questionne en permanence, sape les convictions les mieux établies ; mais les hommes adorent les certitudes, elles les rassurent, chassent l'angoisse et font tourner les machines.

Après cette longue tirade dans les toilettes du Grand Café, Eugène marque une pause.

— Tout cela vous laisse sans voix, jeune homme. Vous avez l'air songeur. Fatigué, peut-être ? Vous aussi vous êtes fatigué de trop penser, pas vrai ? Je vous avais prévenu pourtant, à moins que je ne vous ennuie...

Je contemple mon visage dans le vilain miroir au-dessus du lavabo. Malgré le mauvais éclairage, il me semble que j'ai plutôt l'air concentré. Et, à propos de pensées, Eugène secoue fortement les miennes.

— Soyez tranquille, Eugène, si je m'ennuyais, il y a longtemps que je vous aurais planté là. Je serais remonté dans mon superbe engin pour filer à mon réveillon. Mais bon, il faut reprendre des forces, et notre pomerol doit s'ennuyer sans nous.

Un soir pareil, vous vous rendez compte, allez on continue, tout le monde sur le pont !

La grande salle du café me paraît moins bondée. Mais, dehors, les voitures circulent toujours au pas. Eugène s'assoit et se verse une généreuse rasade de vin. Je l'imite. Ce grand cru est un rêve de spiritueux. Il répand dans tout le corps une chaleur délicieuse et aiguise l'esprit. De manière amusante, le chien du patron vient se coucher aux pieds d'Eugène en le regardant amoureusement. C'est un solide beauceron à la mâchoire redoutable mais aux yeux doux et affectueux. Eugène lui gratte la tête derrière l'oreille et le bout de la queue du chien tapote le sol avec allégresse.

— Alors, mon gros pépère, on l'aime bien son Eugène, hein ? Il sait gratouiller là où il faut… En voilà un au moins qui n'a pas la migraine, ah, et puis, il s'y connaît en bonhommes, vous avez vu, Louis ? Il ne s'y trompe pas, il vient droit sur son Eugène…

— À mon avis, c'est l'odeur… Les chiens ont du flair, vous savez.

Tout en flattant le chien, Eugène paraît

attendre que je reprenne le dialogue. S'il y a bien une qualité indiscutable chez cet homme hors du commun, c'est le goût du débat et de la confrontation d'idées. Bien qu'il reste silencieux, on sent qu'il brûle de laisser aller sa pensée à son rythme, et pourtant il témoigne aussi du respect pour son contradicteur. Grâce à sa faculté d'écoute il vous donne le sentiment d'être attentif et d'attacher la plus grande importance à vos propos. Enfin, Eugène a ce talent si rare, celui des maîtres, de rendre ses interlocuteurs intelligents. Il mise sur ce que l'homme a de meilleur en lui, et à ce jeu-là il gagne à tous les coups. Cependant, je n'hésite pas à chicaner.

— Nous avons conclu tous deux peut-être un peu vite à la fin des religions, pensez-vous vraiment qu'elles n'ont pas d'avenir ? J'ai l'impression pourtant qu'il existe un regain de ferveur dans nos contrées… Et puis, vous connaissez l'incontournable formule de Malraux sur le XXIe siècle qui se devra d'être religieux au risque de ne pas être…

— Foutaises ! Pour moi, sous leur forme actuelle, les Églises sont non seulement disqualifiées mais aussi dépassées. Je ne suis pas du tout sensible à leurs catéchismes, ni à leurs oripeaux. Tous ces falbalas, ces robes safran, ces chasubles violettes, ces tiares, ces calottes, ces ostensoirs, ces amulettes servent à impressionner le quidam. Tout ça a quelque chose de naïf, d'enfantin. On s'adresse à l'imagination, pas à la pensée. Ce tralala est ridicule et relève du déguisement. Je suis plus intéressé par les propos religieux d'un penseur en tenue civile que par la mine béate d'un moine bouddhiste en robe jaune et en sandales. Je ne peux pas m'empêcher d'y voir une posture. Une telle exhibition tient pour moi du racolage… J'ai la même aversion pour la pourpre cardinalice ou les barbiches des talibans. Tous les attributs ostentatoires, qu'ils soient chrétiens, judaïques ou musulmans, ont quelque chose de dérisoire. En fait, ils desservent la pensée. Les signes extérieurs de religiosité sont incompatibles avec la spiritualité, qui est quelque chose d'intime, d'éminemment intérieur. Ils servent à afficher l'appartenance à un groupe, à faire du prosélytisme. Toute religion a vocation à se répandre, y compris le bouddhisme, toutes disent : « Vous devriez penser comme moi, vous vous porterez mieux. » Toutes sont dogmatiques. Toutes cherchent à séduire avec des couleurs vives, des costumes resplendissants, à l'aide d'incantations et de bouffées d'encens. Elles tiennent boutique. Tenez, cette histoire de troisième millénaire, c'est la boutique chrétienne qui fait de la retape. Pour les rabbins nous sommes en 5760, pour l'Islam nous sommes en l'an 1420 du calendrier de l'Hégire. Tout ça n'est que pure convention. Dans le fond, les grandes religions ne sont jamais que des sectes qui ont réussi, et la pensée magique constitue leur fonds de commerce. Si vous souhaitez rester libre, tenez-vous à l'écart de tout cela, ramenez le problème métaphysique à celui de la conduite humaine, et ne vous souciez pas de l'au-delà ! Occupez-vous de l'ici-bas, il y a assez de boulot comme ça, et laissez Malraux à ses incantations...

— À propos de boulot... Pardonnez-moi si je suis indiscret, mais comment vivez-vous, Eugène ? Je veux dire, avec quels moyens de subsistance ? Est-ce que vous travaillez ? Comment faites-vous pour remplir l'assiette ? Vous écrivez ? Vous exercez un métier intellectuel ?

D'un geste de tribun, il balaie ces propositions saugrenues.

— Ah non, je n'écris pas, quelle idée ! Je ne suis pas du tout un intellectuel. Je ne fais rien, je suis un raté. Je vis comme vous me voyez vivre. On m'invite souvent, comme vous le faites. Je passe, je m'intéresse à tout, je suis curieux. Comme on me prête une conversation intéressante et que la plupart des hommes s'ennuient, ils m'invitent volontiers à partager leur pain et leur ennui. Je les distrais. Je suis le copain idéal le temps d'un repas. Pour le reste, je n'ai quasiment pas de besoins. Un ami d'enfance qui a réussi, comme on dit, m'a prêté une chambre à vie dans un de ses immeubles. Cette tanière me suffit bien. Je donne des coups de main par-ci par-là, des petits travaux de peinture, un peu de plomberie, surtout des vidanges, j'aime bien faire le vide dans les tuyaux, ça me plaît, ça… Mais, la plupart du temps, je ne fais rien, je contemple la vie et ses manifestations. Je passe pour un original, un excentrique doté d'une robuste constitution. Comme je ne possède rien, je ne représente aucun enjeu, alors on me fout la paix. Je mène une existence stationnaire, placide.

Parfois je fais des rencontres, vous par exemple, alors je donne, je reçois, j'échange. C'est gai, c'est spontané, c'est gratuit, on n'a rien à se vendre, rien à défendre, pas de réputation à perdre, pas de cause à promouvoir, pas d'enjeu à préserver. Nous sommes libres de poursuivre la rencontre ou pas, libres d'être vrais, libres d'être soi, les seules choses qui importent. En ce sens, je vis comme un chien, le plus proche possible de l'état de nature. Mais je ne chasse pas, je refuse de me mettre à l'affût, de guetter des proies, l'œil fixe et le cou tendu. Je prends ce qu'on me donne. Je suis trop paresseux, et puis je refuse cet assujettissement que représentent pour moi la prédation, l'ambition, la volonté de puissance, toutes ces illusions qui nous font croire en notre capacité à dominer le monde. Je suis résolument anti-théoricien, anti-dogmatique, anti-scolastique. La seule connaissance qui importe à mes yeux est celle qui s'adresse à des hommes libres, c'est-à-dire des hommes qui vivent leurs idées. Bien sûr, cela implique frugalité et dénuement. Vous n'êtes rien et, ce faisant, vous rejoignez le Tout... Finalement, je vais vous dire, Louis, la meilleure façon de me qualifier est la suivante : je suis un bon à rien. Je suis même un excellent bon à rien. C'est même pour moi l'état philosophique idéal ! Car il n'est pas si facile d'être bon — compétent — dans le rien. La plupart des gens ne sont pas bons dans le rien, ils sont sous-doués en quelque sorte, ils ne savent pas quoi faire dans le rien, ils sèchent et préfèrent être bons — ou mauvais — dans quelque chose. C'est une question que ne se pose pas un chien errant qui sait naturellement ne rien faire et être spontanément bon à rien.

Il jubile. Il glousse, il s'amuse de ses paradoxes. Je le soupçonne d'être au fond très orgueilleux, et de ne se rabaisser que pour mieux se placer au-dessus du commun des mortels. Je tâte le terrain :

— C'est bizarre, il n'est pas très valorisant de prendre le chien pour modèle. Il s'agissait à l'origine d'une provocation des cyniques pour emmerder le monde, n'est-ce pas ?

— Ah ça oui ! Les riches Athéniens en ont fait les frais. Quand ce n'était pas Diogène qui les engueulait sur la place publique, c'était Cratès, surnommé l'ouvreur de portes, qui les poursuivait jusque chez eux pour les haranguer dans leurs chambres à coucher. Pourtant, le chien est un animal plus noble qu'il n'y paraît. Philosophiquement, il est emblématique. Il ne se préoccupe que de satisfaire ses besoins naturels, se contente de ce que la vie lui offre, il présente aussi une grande simplicité de comportement, une totale franchise, il remue facilement la queue avec ceux qu'il aime, aboie devant ceux qu'il n'aime pas, va parfois jusqu'à mordre, enfin il est courageux et fidèle à ses convictions. Si les cyniques en ont fait leur animal totémique, c'est pour exprimer cette philosophie qui ne s'écrit pas, ne se parle pas mais se vit, une philosophie en action qui ne se soucie que de la vérité, au besoin contre l'homme si celui-ci se complaît dans le mensonge et les artifices… (Et, caressant le chien) N'est-ce pas mon pépère ? T'es pas du genre à faire des cadeaux aux imbéciles ?

Eugène a la patte du beauceron sur la cuisse et se laisse barbouiller le visage à grands coups de langue. C'est un peu dégoûtant à mon gré, mais il est vrai qu'il a dû en voir d'autres.

— Contre l'homme ? Une philosophie contre l'homme est-elle encore une philosophie ? À moins de prendre le mot « cynique » dans son acception moderne.

— Allons, ouvrez les yeux, Louis. L'homme lui-même ne croit pas en l'homme. Il suffit pour s'en convaincre de voir tout cet arsenal de barrières, d'alarmes, d'antivols, ces systèmes de sécurité, ces règlements administratifs, ces contrats obsessionnels, ces demandes d'attestation, tous ces écrits, toutes ces serrures qui tentent de conjurer la mauvaise opinion que l'homme a de lui-même. C'est à qui sera le plus malin, le plus débrouillard. L'exemple vient d'en haut : les faux électeurs à Paris, les huiles de vidange dans la composition des aliments pour le bétail, le sang contaminé, les pétroliers qui dégazent en haute mer, tous ces trucs-là, évidemment, ça n'aide pas à se faire une bonne opinion de l'animal humain qui, en fait, est plus humain qu'animal dans la mesure où une telle scélératesse n'existe pas chez les bêtes. C'est une chose spécifiquement humaine, l'avidité. Ce n'est pas énoncer une opinion de café du commerce que de le constater.

Mais on n'ose plus le dire parce qu'on passe vite pour un prophète de l'Apocalypse, une Cassandre, un vieil aigri. Le monde marchand a trouvé la parade : toute contestation du système passe pour archaïque, dépassée, ringarde. Quand vous êtes vieux, vous vous en foutez bien d'être ringard. L'ennui, c'est que vous êtes vieux, justement, ce qui accrédite la thèse du vieil aigri qui se lamente sur la disparition du bon pain et des neiges d'antan. Mais quand on est jeune, l'idée de passer pour ringard est effrayante. On risque des sanctions, une mise à l'écart du système. À vingt ans, vous ne pouvez pas vous y résoudre, c'est compréhensible. Aussi, quand vous me posez la question de la noblesse du chien, je rigole…

— Quelle est votre formation ?

— Formation, quel mot ! Ma seule école, c'est la vie. Je n'ai pas été formé, ni formaté mais forgé. À quinze ans dans la rue, mon petit Louis d'or, et j'en ai plus de soixante-cinq aujourd'hui. Cinquante années d'adultat vachard, à se frotter à tous les épidermes, toutes les sensibilités, toutes les formes de pensée.

— L'école de la rue… Impitoyable, quand on

lit Chamfort. Je me rappelle sa formule : « Il faut que le cœur se brise ou se bronze. » Ou encore le fameux aphorisme de Nietzsche : « Ce qui ne me tue pas me rend plus fort. »

— La rue n'est pas facile. Mais je n'ai jamais été « à la rue », au sens misérable du terme. Je n'ai jamais été une victime. Ce sont des formules romantiques que vous me balancez là. Des frissons pour esprits bourgeois et romanesques. Quant à votre citation de Nietzsche, permettez-moi de vous dire qu'elle est bien le type de phrase stupide qu'on vous sort à tort et à travers, sachant que généralement ce qui ne vous tue pas vous affaiblit. Rien de plus logique : à force de prendre des coups, on fatigue, on devient plus fragile, on se durcit, mais on ne s'endurcit pas. Il suffit de voir ce que deviennent les vieux boxeurs pour s'en convaincre. Il s'agit en fait de formules incantatoires pour conjurer l'angoisse. Nietzsche comme les autres se racontait des histoires, c'était un romantique, un exalté, un penseur puissant mais naïf en définitive. D'ailleurs, pour un homme aguerri, il n'a pas été un modèle de longévité, ce pauvre Friedrich. Enfin, tout ça est anecdotique. Aujourd'hui ce genre de formules sert de slogans aux films d'action américains.

— Si je comprends bien, vous n'êtes pas allé à l'université, c'est assez incroyable…

— Je n'ai jamais fini mes études, pour la raison que je ne les ai jamais commencées. De sorte que je n'ai jamais cessé d'étudier… C'est une caractéristique commune à beaucoup d'autodidactes, dont Épicure, d'étudier à vie, de peur d'être pris en défaut par les docteurs de l'Université qui, eux, ont généralement cessé d'étudier dès leur agrégation en poche. Pourtant le principal savoir qui m'a édifié ce ne sont pas les livres, j'en ai pourtant lu des centaines, c'est l'expérience de la vie même. La vie profondément ressentie, et même éprouvée. D'où mon goût pour la pensée des cyniques. Antisthène n'était pas un Hellène, c'était un Thrace, c'est-à-dire, pour les Athéniens, un moins-que-rien. Et moi, dès le commencement, à l'école de la rue, j'étais déjà un chien. En somme, on a la philosophie de son histoire, et même de sa naissance.

La franchise d'Eugène me bluffe. Dans une société où tout le monde essaie de se pousser du col, de se faire valoir, lui ne s'embarrasse pas de telles simagrées. Il est réconfortant de pouvoir respirer cet air de vérité.

— Je me demande pourquoi il est si difficile d'être sincère, c'est pourtant tellement simple, à vous entendre.

— Parce que tout le monde a peur de se faire avoir. La difficulté que l'homme éprouve à se montrer sincère tient à sa méfiance atavique de l'autre. Pour la bonne raison qu'il ne croit pas en l'autre, et même qu'il le déteste, qu'il est sûr que l'autre lui en veut. Alors, il donne le change. L'homme est un illusionniste forcené. Il prend la pose, se met en scène, fait l'acteur en toutes circonstances, même les plus tragiques. Jusque sur l'échafaud, il garde son masque : on ne sait jamais. Partout l'homme est en représentation. Même seul, chez lui, il n'est sûr de rien et guette l'approbation dans son miroir. Les pires sont ceux qui, acteurs d'eux-mêmes, se croient très authentiques en accentuant leur naturel, en jouant vériste. Ce sont les plus terribles parce qu'ils n'ont aucun recul, aucun sens de l'autodérision. Il faut faire très attention à ceux qui se croient vrais.

Je partage ce point de vue frappé au coin du bon sens. J'y reconnais mes propres leurres, ma propre pantomime d'acteur social. Mais, en tant que professionnel de la simulation et de l'emphase, je me trouve des excuses. Eugène a beau jeu d'expliquer la défiance envers l'autre par la peur qu'il nous inspire, et de dénigrer l'universelle couardise. Comment faire autrement dans ce monde définitivement cupide ? Comme si Eugène avait deviné ma pensée, il poursuit :

— Par ailleurs, on ne peut écarter l'influence de la pression sociale qui interdit la pratique de la sincérité. La vie sociale s'édifie sur le sacrifice de la spontanéité, la culture collective se construit au détriment de l'individu naturel, elle est abrasive, normative, codifiée. Difficile d'y échapper.

— Vous avez une solution ?

— À part la peste bubonique, je ne vois pas...

Il sourit tristement. J'ai remarqué qu'il n'aime pas que son raisonnement aboutisse à une impasse : il n'y a plus de discussion possible. Or, réduit au silence, un homme comme Eugène se sentirait bien malheureux. Eugène, en bon socratique, est un homme de parole. Dépité, il bifurque :

— Vous parliez tout à l'heure de dérobade face à la vérité. C'est pour moi le type même de la fausse bonne question. Qu'est-ce que la vérité ? Tout sceptique qu'il est, Pyrrhon ne nie pas l'existence du vrai, mais seulement l'aptitude de l'esprit humain à y accéder. Toute réalité authentique est indéfinissable, et même indescriptible. Toute expérience véritable de pensée aboutit à l'incertitude, au questionnement infini. Socrate est le premier penseur occidental à en avoir fait le constat définitif, et nous n'en sommes pas plus avancés aujourd'hui. En fait, l'homme se dérobe surtout à la complexité de l'existence, à l'effroyable énigme que constitue la vie, énigme tout bonnement inhumaine, définitivement insoluble. En revanche, on peut admettre qu'il ne souhaite pas approfondir son angoissante prémonition du vide et du rien. Il se dérobe au néant. Légitime lâcheté, et seule solution pour échapper à une apocalypse quotidienne. En matière de vérité, Louis, on se doit d'être humble, il n'y a qu'une formule, à mes yeux, qui autorise l'utilisation du mot. Elle est inscrite dans la Torah, et dit en substance ceci : « Suis celui qui cherche la vérité, fuis celui qui prétend l'avoir trouvée. » Voilà qui résume tout sur la question.

— Vous n'aimez pas les formules péremptoires, les déclarations définitives, les vérités déclamées...

— Que voulez-vous, les gens ne sont pas sérieux. Ils ne sont pas appliqués, ne vérifient rien. Pour eux, l'affirmation tient lieu de démonstration. L'effet d'annonce suffit. C'est cela, la perversion médiatique : le média est plus important que le message. Ou plutôt, si le message est sur le média, c'est qu'il est vrai. Voilà la véritable défaite de la pensée. Des coupures de presse, de bric et de broc, mises bout à bout, des textes mal photocopiés, ou encore de la simple propagande économique ou politique, et l'absurdité se met à circuler pour finir par devenir vérité. La fausse information et son corollaire, la pléthore d'informations — vraies et fausses —, constituent le problème majeur d'Internet. Aujourd'hui, on s'extasie devant le tuyau, personne ne s'intéresse véritablement au contenu. Remarquez, comme on se contente de *surfer*, on reste en surface, on glisse, tout cela est très superficiel... Mais le plus désagréable, c'est, comme vous dites, le péremptoire. L'esprit de certitude. Le fait de croire que l'idée serait neutre, égale, sans effets, et que par conséquent on peut bien l'affirmer, la claironner sans danger. Or, il n'en est rien. Les idées sont des actes de foi, elles engagent. Il n'y a pas d'idées neutres. Le détachement total est impossible. Même les logiciens sont passionnés. En ce sens, il faut tenir les idées à distance, ne jamais croire que ça y est, qu'on a trouvé ! L'« Eurêka » d'Archimède est à ravaler au fond de la gorge parce que, dès que vous croyez avoir trouvé, vous vous retrouvez le cul par terre, ou empêtré dans des entreprises à n'en plus finir, possédé par l'idée et ses conséquences. Il ne faut jamais être péremptoire, catégorique. Ne jamais se prendre au sérieux. Puisque tout est vanité, celui qui l'affirme doit s'inclure dans sa propre dénonciation. S'il ne le fait pas, il se présente comme l'exception à la règle qu'il vient d'énoncer : « Tout est vanité, sauf le propos par lequel je vous le fais savoir. » Privée de ses fondements, la dénonciation perd alors toute valeur, et se trouve réduite à l'état de posture. Non, disons plutôt, et c'est valable pour nous ici ce soir : « Tout est vanité, y compris ce que je m'efforce de vous faire partager. Ce n'est d'ailleurs pas bien grave mais autant le savoir, ça nous évitera de prendre l'air intelligent et de nous croire au-dessus du lot. »

Il rit de bon cœur.

— Tenez, servez-moi un verre de vin, je parle trop, j'ai soif !

— Il n'y en a plus. Quelque chose d'autre vous tenterait ?

— Champagne ! Et un autre sandwich ! rillettes cornichons, s'il vous plaît !

— Du champagne, avec un sandwich aux rillettes !

— Et alors ? C'est pas tous les soirs qu'on enterre un millénaire, non ?

Un serveur a dû l'entendre, car il se présente aussitôt. Sa jolie consœur a disparu. Je demande à Eugène si du Cristal lui conviendrait. Cela le satisfait pleinement. J'attends que le serveur — un grand maigre, nerveux, rapide, efficace —

revienne avec la bouteille et le « souper » d'Eugène pour continuer à mitrailler mon affamé de questions.

— Donc, pour vous, il n'y a pas de pensée objective ?

Je reçois quelques miettes de pain sur la joue en même temps que sa réponse :

— Bah, vous chavez (il mastique), on a les idées du temps qu'il fait. On est progrechiste en été et conchervateur en hiver. (Il vide une coupe de champagne). Le froid nous rétracte et la chaleur est vasodilatatrice. À vingt-sept degrés, le sang circule à la périphérie, on se détend, on s'ouvre... C'est pour cela qu'il n'y a pas de révolutions en hiver, personne n'a envie de descendre dans la rue en dessous de zéro degré. L'homme a l'humeur climatique, et ses humeurs influent sur ses idées, y compris sur sa foi. Il croit davantage en Dieu à la saison froide. Ce n'est pas pour rien que Rome a décidé de faire naître le petit Jésus en décembre : en plein mois d'août, la chose serait passée inaperçue. L'homme implore Dieu en hiver, au moment des pics de mortalité, et il croit plus en lui-même à la belle saison, à l'ombre des tilleuls, quand tout paraît simple et facile. Alors il s'émancipe, il a moins la trouille et compte davantage sur ses propres forces. Tenez, tous les textes de Nietzsche ont été écrits sous l'influence du climat. Selon qu'il se trouvait au nord, en Allemagne, ou au sud, en Italie ou à Nice, avec son « air sec », il était plus ou moins exalté ou abattu. Cioran était pareil et le reconnaissait. Si à l'influence du climat vous ajoutez celle des affects, vous comprendrez aisément qu'il ne peut pas y avoir d'idées neutres, de pensées objectives. La pensée pure, ça n'existe pas. D'ailleurs, je ne suis pas sûr qu'elle soit souhaitable. Il n'y a pas de poissons dans l'eau pure, ils ne pourraient pas survivre. La vie est incompatible avec la pureté. La langue ne s'y trompe pas quand elle parle d'épuration : la pureté, c'est la mort, l'inexistant, le vide intégral. Il en va de même pour la pensée objective, elle est impossible, c'est pour cela qu'il ne nous est pas possible d'affirmer quoi que ce soit sans être partial. On devrait s'abstenir d'affirmer, se questionner soi-même en permanence, observer une frugalité de parole, mais bon, c'est impossible aussi... La vitalité nous pousse plutôt vers la logorrhée. Regardez, moi par exemple...

Eugène rit à gorge déployée, d'un rire enfantin, communicatif. Sa gaieté se répand alentour, les clients des tables voisines sourient et s'amusent de notre drôle de tandem. En fait la plupart d'entre eux tendent l'oreille et semblent s'intéresser à notre débat. Eugène est une personnalité solaire, une sorte de Falstaff par la puissance d'expression, la rouerie et l'innocence. Il rayonne.

Il est vrai qu'il est le premier à confirmer la règle qu'il vient d'édicter. Je réussis cependant à glisser :

— Il y a la frugalité de la parole, mais celle qui concerne le mode de vie me paraît plus difficile encore à pratiquer. Je sais ce que vous pensez des choses matérielles et de la propriété. Mais je me demande comment on peut résister aujourd'hui aux tentations, quand on est cerné de vitrines alléchantes, d'étalages surabondants et d'affiches publicitaires qui vous promettent le luxe et la volupté à tous les coins de rue. J'en sais quelque chose, c'est comme ça que je gagne mes louis d'or. Comment faites-vous pour y échapper ?

— Question d'habitude. Ou d'entraînement, comme pour le sport. Vous pouvez même ressentir un certain plaisir à vous contenter d'un verre d'eau fraîche en été, là où d'autres vident trois bouteilles de bière. Mais ce qui est important, et qui me met en joie, c'est de retrouver par la frugalité le souvenir de notre nature originelle, comme un lointain écho du paradis perdu. En renonçant à tout, vous remontez le temps, vous renouez avec l'animalité tranquille, l'état bienheureux de l'homme au paradis, l'homme avant la connaissance, avant le progrès, l'homme qui n'avait pas encore pris en main sa destinée, qui vivait paisible dans la douceur du jardin de Dieu, innocent, propriétaire de rien, et pas encore tout à fait humain…

Eugène paraît rêveur, et puis il s'ébroue, se ressaisit et se verse une coupe de champagne. Si je veux y goûter avant que la bouteille ne soit vide, j'ai intérêt à me dépêcher. Cependant, l'apparente contradiction entre Eugène apôtre de l'abstinence et Eugène amateur avide de château-gazin 66 et de Cristal Roederer m'amuse. Il est vrai qu'il s'agit pour lui d'un cadeau de la providence. En bon cynique il aurait tort de s'en priver. Mais tout à coup il a l'air en colère.

— J'espère, me lance-t-il froidement, que vous avez conscience du caractère provocant de votre question. Il est déplacé de demander à un fauché comme moi s'il est facile de résister à la tentation ! Je préfère considérer que, ma pauvreté étant volontaire, vous avez interrogé mon libre arbitre... Je plaisante, bien sûr. Mais faites attention quand même à garder en tête que votre pouvoir d'achat se situe bien au-dessus de la normale, et surtout du souhaitable... Cela dit, l'histoire du jardin de Dieu est une belle image pieuse et sensuelle, mais elle est mythique — elle est fausse. La vérité, c'est que l'homme des origines devait être tétanisé par l'angoisse au fond de sa caverne, tenaillé par la faim, à la merci du climat et des autres bêtes sauvages. La beauté et la douceur du paradis originel, du jardin d'Éden, procèdent de la culture, non de la nature. Et puis enfin, frugalité ne signifie pas ascétisme.

Servez-moi une autre coupe de ce petit mousseux ! (Il boit.) C'est bien simple : ma frugalité n'a pour but que de me laisser aussi libre que possible. Votre invitation me ravit mais j'aurais pu tout aussi bien m'en passer, je n'en aurais pas souffert. Je prends ce que la vie me donne et il arrive à celle-ci de se montrer généreuse. Mais vous allez voir, tout le monde va s'y mettre, à la frugalité. (Il reboit.) Nous allons assister à un phénomène de tempérance généralisée et de sédentarisation massive des individus. L'expansif, le découvreur, le conquérant, appartiennent à des espèces en voie de disparition. Il n'y a plus de nouvelles terres à parcourir, à conquérir, ni même à découvrir. Chacun restera tranquille, travaillera chez lui, à partir de son ordinateur. Les marchandises viendront à lui grâce au commerce électronique, le monde s'invitera à domicile à travers une infinité de spectacles, diffusés par une multitude de chaînes de télévision. L'homme moderne va devenir un homme virtuel, fixé, tempéré, et il ne sortira de chez lui que pour aller se dégourdir les jambes, gambader dans des parcs et entretenir son système cardio-respiratoire dans les gymnases et les stades. (Il siffle le reste de champagne.) La fixation sera la seule réponse, non pas souhaitable mais imposée par les circonstances, aux problèmes de pollution et de gaspillage que secrète l'incessant déplacement d'une société mécanisée, proliférante et surconsommatrice. Internet et la génération électronique vont contribuer à réparer les dégâts causés par la civilisation de l'automobile. Curieusement, toujours de nouveaux outils technologiques apportent des solutions aux problèmes posés par la technologie précédente, sans qu'il y ait apparemment de lien de causalité entre eux. Ça doit correspondre à un phénomène de régulation systémique... C'est l'intelligence de la termitière, la force du nombre qui triomphe mathématiquement de tous les obstacles, mais de façon provisoire, toujours provisoire...

— Vous détestez l'argent. Vous le méprisez, n'est-ce pas ?

— Pas du tout, j'ai beaucoup de respect pour l'argent que procure le travail des hommes. Moins pour l'argent spéculatif. En fait, j'aime cet argent sans lequel les femmes sont revêches et le vin aigre. Mais le gros argent, celui des châteaux, des conseils d'administration, celui des objets et des images, celui-là est pour moi littéralement insupportable. Lourd, pesant, fatigant. Et puis j'ai toujours trouvé le luxe un peu morbide. Les châteaux me font l'effet de mausolées peuplés de fantômes, les Rolls ont l'air de corbillards véhiculant des momies… Mais, Louis, nous tenons des propos de vieilles dames de province, tout le monde est d'accord là-dessus, les gens ne sont pas riches, ils n'ont pas de châteaux, pas de Rolls, et ils galèrent pour joindre les deux bouts…

Il soupire, se verse une coupe et ferme les paupières. Un épais silence s'établit entre nous. Je me demande s'il est triste ou fâché contre moi. Cette faconde torrentielle, puis tout à coup ce silence à couper au couteau… À quoi pense-t-il ?

— À quoi pensez-vous ?

— À rien de spécial. Ne vous inquiétez pas, j'ai toujours un petit moment d'abattement quand j'ai beaucoup parlé… De la vie, de l'argent, de la pauvreté. De la pauvreté, surtout. Ne croyez pas que j'en souffre, d'être pauvre, chez moi c'est délibéré. Mais quand je vois toute cette misère qui se débat, ces pauvres gens qui courent après le fric qu'ils n'auront jamais… Toute cette énergie gaspillée, ces destins sans issue… Je suis accablé.

— Et la mort, vous y pensez ?

— Ah, la mort, vaste sujet, obsédant, sournois, un truc qui nous travaille dès le premier jour. Moi, je suis comme Lord Byron, je ne suis pas rempli d'horreur par l'éventualité d'un « sommeil sans rêves », et je n'imagine aucune sorte d'existence qui ne devienne lassante à la longue. Ce qui me paraît intéressant avec la mort, c'est la conscience que l'on en a. Quand on disserte doctement, comme nous le faisons, sur le sens de la vie, quand on se ronge d'angoisse et qu'on se débat frénétiquement pour réussir, quand on croit mourir de chagrin à la perte de l'aimé, quand on ploie sous les dettes, que la misère pointe son mufle, quand on s'enivre d'honneur et de responsabilités à la tête d'un empire industriel ou financier, quand on rosit de plaisir, sur la scène, face à un public debout qui vous ovationne à pleins poumons, il ne faut jamais oublier qu'à tout moment, le temps d'un claquement de doigts, la rupture d'anévrisme règle tous les problèmes et refroidit toutes les fièvres. Il faut toujours avoir la mort à l'esprit, non pas l'agonie ni la façon de mourir, mais la mort elle-même, la pure disparition. L'avoir à ses côtés comme une compagnie familière, afin d'apprendre d'elle la puissance du détachement et le sens du relatif. Et puis, l'anéantissement n'est-il pas la seule extase absolue ? Ne constitue-t-il pas la seule manière définitive de sortir de soi, de se libérer de soi-même, de façon totale et irréversible ?

— Vous ne croyez pas à l'éternité ?

— À la vie éternelle ? Je pourrais vous répondre comme Spinoza que je me sens éternel, même si je me sais mortel. En tout cas, je crois à la pure disparition de l'ego, et même je la souhaite. Je n'aimerais pas être condamné à moi-même pour l'éternité. Je ne m'aime pas assez pour pouvoir subir un tel calvaire. Il faut quand même être un véritable obsédé de soi-même pour souhaiter un truc pareil. C'est démoniaque, l'éternité, ce n'est pas humain du tout !... Alors, peut-être, flotte-t-il, quelque part dans l'azur, suspendus dans le temps et l'espace, quelques électrons porteurs d'esprit qui se souviennent, peut-être...

— Comment voudriez-vous mourir ?

— À la romaine ! L'esprit clair, en sachant que l'heure est venue de s'effacer. Ou encore comme Diogène, en cessant volontairement de respirer. (Il fait une grimace.) Mais le plus extraordinaire, pour moi, ce serait d'être mangé. Ça, j'aimerais beaucoup. La transsubstantiation, quelle aventure ! Voilà qui avait le mérite de régler la question métaphysique. L'angoissante question de l'anéantissement ne se poserait plus. Ces jolies vaches dans leurs champs ne connaissent pas leur bonheur. Finir dans une assiette, aux petits oignons, quelle extase ! Le hic, c'est qu'il n'y a personne pour bouffer de l'homme, à moins qu'un jour l'homme lui-même ne se dise qu'après tout, Dieu étant mort, pourquoi pas... Ça éliminerait du même coup pas mal de problèmes : démographiques, écologiques, économiques. Évidemment, tout ça devrait être organisé avec rigueur, chacun dégusterait sa propre famille, ce qui obligerait les jeunes à s'occuper de leurs vieux, à bien les nourrir et à leur éviter le stress. Quel bonheur d'être savouré par ses propres enfants, vous ne trouvez pas ? Bien sûr, il faudrait mettre au point une nouvelle cuisine, avec des recettes originales, concoctées par les pompes funèbres...

— Bien épicées, avec beaucoup de sauce...

— ... pour faire passer le goût âcre de certains hommes à la chair peu comestible...

— ... et qui devra mijoter longtemps, ce qui remettrait à la mode les ragoûts, les daubes, les ratas...

— Vous reprendrez bien un peu de grand-père ? Allons, les enfants, vous l'aimiez bien, grand-père...

Nous rions comme des gosses. C'est Eugène qui, le premier, retrouve son sérieux.

— On ne peut pas comprendre la mort. On ne peut qu'en rire. Mais on rit jaune. Trêve de plaisanterie. L'idée de bien mourir est surtout dominée par des considérations esthétiques. On souhaite réussir la dernière scène, comme au théâtre, finir sur un bon mot, sur une réplique d'anthologie, avant d'expirer avec grâce, dans un souffle, comme une chandelle en fin de mèche. Hélas, ce n'est pas si facile : on ne peut pas se mettre au lit trop tôt, tout le monde n'est pas le roi de France, ce serait ridicule. Alors, on est généralement pris par surprise, à moins qu'on ne se fasse attraper par la « longue et cruelle maladie » et tout l'acharnement thérapeutique qui va avec, ce qui est encore pire. Mais le fond de ma pensée, c'est que la mort n'a pas d'importance. Ce qui compte, c'est la manière dont on conduit sa vie. Et, quand on a beaucoup donné, on expire plus tranquillement, c'est mon avis. Pour ma part, il est probable que je mourrai comme j'ai vécu, c'est-à-dire comme un chien, on me piquera pour mettre un terme à mes souffrances en me caressant la tête, la belle affaire ! Tout ça n'est que péripéties contingentes, détails sans importance. Selon la pensée taoïste, en mourant vous êtes comme l'eau du fleuve qui se fond dans l'océan, vous rejoignez le Tout, peu importe la taille du delta ou le débit de l'eau. C'était aussi le point de vue d'Épicure, qui voyait dans la mort une simple séparation d'atomes avant leur regroupement en une nouvelle configuration.

— Encore faut-il y croire !

— Pourquoi pas ? De toute manière, quelle que soit la façon dont vous mourrez, vous ne saurez jamais rien. Il faut cesser d'imaginer qu'il est possible de trouver une réponse définitive au mystère de l'existence. En finir avec cette obsession et admettre que nous sommes condamnés à l'interrogation sans fin, à la confrontation perpétuelle des hypothèses. On ne trouvera jamais rien, et heureusement ! Il existe un tableau de Dalí que j'aime bien. On y voit une petite fille qui soulève la mer d'une main comme elle le ferait d'un gigantesque tapis. Et que voit-on sous la mer gigantesque ? Un chien qui dort. Ce n'est pas un tableau décoratif, mais il est signifiant. Un tableau cynique, en somme.

— Pour revenir à des détails plus prosaïques, savez-vous, Eugène, qu'aujourd'hui soixante-dix pour cent de la population meurt à l'hôpital, et que de nombreuses voix s'élèvent pour légaliser l'euthanasie ?

— Oui, et c'est une forme grave de déshumanisation. La marchandisation des êtres humains et le désintérêt qu'ils suscitent lorsqu'ils ont cessé d'être utiles, actifs, productifs, sont atroces. Ce monde est malade, et il ne le sait pas. Les familles qui demandent l'euthanasie au nom de la compassion ne souhaitent en définitive que régler leur propre problème, et les gisants sur leur lit de douleur qui réclament la mort souhaiteraient moins disparaître s'ils ne lisaient pas si souvent dans les yeux de leurs proches et de leurs soignants qu'ils sont de trop et qu'il leur faut laisser la place. Voilà une illustration tragique de ce qu'est le nihilisme contemporain.

Eugène ne rit plus, il semble épuisé, il caresse doucement la tête du gros chien qui le regarde avec affection. Le vieil homme a les yeux perdus au loin, à travers la vitre, vers les étoiles. Louis mesure l'état du silence d'Eugène, mais décide de l'en sortir.

— Eugène, avez-vous peur du Néant ?

Il répond d'une voix douce et lente.

— Ah, il n'est pas insensé de croire qu'un jour le globe, devenu définitivement muet, continuera sans nous à décrire dans l'espace ses orbes impassibles… Évidemment, il serait facile de vous répondre que je m'en moque, mais à quoi bon frimer ? Le Néant est une perspective épouvantable pour tout être vivant. Au moment de passer l'arme à gauche, je ne suis pas sûr de ma réaction. Je pense que la bête tremblera, comme les autres, surtout si l'on appartient, ce qui est mon cas, au monde occidental, à ce monde blanc qui ne renonce jamais. Nâgârjuna, de l'école bouddhique de Madhyamika, dite du Grand Véhicule, est sans doute le seul à avoir développé une extase fondée sur le *nihil*, le seul à s'être approché du rien et à en être revenu délivré. Il a vu jaillir la lumière du Vide où, nous autres Occidentaux, ne voyons que la catastrophe. Mais il faut être Indien, avoir de solides dispositions ataviques, pour posséder en soi le sens du vide et du rien poussé à un tel degré — le sens inné de l'illumination. C'est une faculté mentale qui s'apparente à celle de cette tribu indienne d'Amérique du Nord qui ne craint pas le vertige et a construit la plupart des gratte-ciel américains. L'Occidental, littéralement l'« homme qui chute », ne peut qu'avoir peur du vide. Il est terrassé dès sa naissance, « terre à terre » depuis toujours, il ne parvient pas à décoller seul.

Voilà pourquoi il a inventé l'avion, le téléphone, l'ordinateur, bref la technologie. À l'exception de Pyrrhon, le premier des sceptiques, la grande idée bouddhique du renoncement lui échappera toujours. L'Occidental ne sait pas s'abstenir, il en fait même une question d'honneur, c'est pour cela qu'il est perdu. Mais le nihilo-scepticisme de Nâgârjuna, parent du pyrrhonisme hellèniste par le regard qu'il porte sur le monde, en diffère par son caractère humaniste. En fait, cette doctrine austère, développée dans le *Traité du Milieu*, est d'une extraordinaire humanité sur le plan éthique. Quand Nâgârjuna s'adresse aux laïcs, il prêche le don, la bienveillance, la patience. Il affirme, textuellement, que « ces pratiques accompagnent favorablement l'indifférence joyeuse de celui qui plonge dans le néant des choses ».

— Vous avez sans doute raison. Pyrrhon a peut-être été le premier bouddhiste occidental...

— D'une certaine manière, oui. Il est vrai qu'il a suivi la campagne d'Alexandre en Asie, il a dû être impressionné par les gymnosophistes, une ancienne secte hindoue dont les membres vivaient nus et menaient une existence d'ascètes contemplatifs, on les appelait les « sages nus ». Cela dit, toutes les écoles grecques de l'époque préconisaient la plus grande indifférence possible, à part les cyniques qui s'excitaient sur la révélation de la vérité. Si, pour Épicure, il n'y a de réalité que dans la sensation, pour Pyrrhon il n'y en a que dans l'apparence. Ce type était d'un scepticisme absolu, complètement détaché de tout, enfin à ce qu'il paraît parce que, comme Socrate, il n'a rien écrit. Ce mode de vie lui a plutôt réussi : grâce à un comportement apathique, cet homme qui cherchait à atteindre la plus grande indifférence, qui prônait la neutralisation universelle des apparences, pour qui la nature du divin et du bien consiste toujours dans ce qui fait la vie humaine la plus égale, cet homme qui pensait qu'il n'est pas dans le pouvoir de l'humain d'accéder à la vérité a vécu jusqu'à quatre-vingt-dix ans, ce qui, pour son époque, était un record. Mais, pour être pyrrhonien, il ne suffit pas d'adhérer à l'idée, il faut aussi avoir du sang de poisson froid dans les veines, un métabolisme de saurien, une sensibilité de pierre, sinon cette philosophie est impraticable, invivable, pire que le stoïcisme. Et moi, je veux bien parler de détachement, mais en réalité je suis plutôt un frénétique, un furieux, parce que je n'arrive pas à me désintéresser de l'homme, ni de la vie de la cité. Je n'arrive pas à me retirer, et en fait je ne le souhaite pas. Tous ces superbes dogmes d'acier des anciens Grecs ont quelque chose d'inhumain. Ils sentent la pose, l'orgueil, le dégoût de l'homme. Très peu pour moi. Le sage au pied de son arbre m'emmerde, ce n'est pas le mode de vie qui convient à ma nature exubérante et vagabonde de chien fou !

À cet instant, j'éprouve véritablement de l'attachement pour mon compagnon d'un soir. Non seulement son tour de pensée me semble original, aigu, sensé, mais encore sa culture, très vaste, paraît déboucher sur une façon de vivre juste, accordée à la pensée qui la sous-tend. J'ai envie de tout savoir de lui.

— Est-ce que vous voyagez ? Avez-vous vécu à l'étranger ? Où aimeriez-vous vous établir ?

— Écoutez, si je vous réponds : « je hais les voyages et les explorateurs », ça ne vous dit rien ? En 1955, Claude Lévi-Strauss a résolu définitivement la question par un livre, *Tristes Tropiques.* Magistral, limpide. Tout y est consigné, décrit, énoncé avec force détails. Il parle d'une « civilisation proliférante et surexcitée qui trouble à jamais le silence des mers », d'une « humanité saturée de son propre nombre et de la complexité chaque jour plus grande de ses problèmes ». Il dénonce ce « voyageur devenu antiquaire, cet explorateur qui revient chargé de merveilleux que les mondains s'arrachent pour leurs dîners, et qui est seul à savoir que cette gloire chèrement payée repose sur un mensonge. Rien de tout ce qu'on lui fait crédit d'avoir connu n'est réel, le voyage est une duperie ». Il y a un passage formidable que je sais par cœur, où il évoque ces primitifs — j'ouvre les guillemets : « Pauvre gibier pris au piège de la civilisation mécanique, sauvages de la forêt amazonienne, tendres et impuissantes victimes, je peux me résigner à comprendre le destin qui vous anéantit, mais non point être dupe de cette sorcellerie plus chétive que la vôtre qui brandit devant un public avide des albums en Kodachrome remplaçant vos masques détruits. Croient-ils par leur intermédiaire réussir à s'approprier vos charmes ? Non satisfait encore ni même conscient de vous abolir, il lui faut rassasier fiévreusement de vos ombres le cannibalisme nostalgique d'une histoire à laquelle vous avez déjà succombé[2]. » Fermez les guillemets. C'est fort, non ? Et songez, Louis, qu'un tel constat date déjà d'un demi-siècle ! Alors, voyez-vous, je n'ai rien à ajouter sur la question, sinon que l'homme devrait rester tranquille et cesser d'aller fourrer son nez partout sous prétexte de se divertir. L'âge des voyages est révolu. Et je n'aborde même pas la question du tourisme, la semaine à Bali, le week-end à Marrakech, tous ces trucs-là me sont complètement étrangers, les marchands de souvenirs au pied des pyramides, ça me dépasse absolument, ça m'effraie. Sous cet angle, Internet devient intéressant quand il se substitue à ce besoin frénétique d'évasion. En fixant les masses devant leurs écrans informatiques, il peut contenir en partie le fléau du tourisme massif et permettre aux derniers sauvages encore en vie d'avoir la paix.

---

2. Claude Lévi-Strauss, *Tristes Tropiques*, Plon, 1955 (rééd. Pocket, 1998).

Ultime hommage de la modernité hypertechnologique à l'homme des temps anciens, au monde primitif qui se meurt.

— Internet ! On dirait que le sujet vous intéresse. Vous êtes sacrément dans le coup, Eugène.

— Internet est parfait pour moi parce que je m'en tiens complètement à l'écart. Pendant que les nouvelles élites sont occupées à surfer sur le web, j'ai la paix, comme les sauvages amazoniens. Enfin, une paix relative. Je me tiens à l'écart de la révolution cybernétique pour ne pas avoir à perdre la tête ! Il m'importe peu de penser en *temps réel*. Cela ne représente pour moi aucun intérêt. Il s'agit d'une phase exacerbée de fascination pour la technologie, une forme de niaiserie post-adolescente, et je me fous complètement de la prétendue convivialité globale et autorégulée. Ce grand campus planétaire, peuplé d'ados quasi trentenaires qui jacassent électroniquement, m'indiffère. Je laisse à ces nouveaux muscadins le champ libre pour communiquer, échanger des informations et en tirer tous les émois qu'ils peuvent en espérer. Pour moi, l'écrit de l'écran n'a rien à voir avec l'écriture. Il est pauvre, répétitif, compulsif. Ce monde électronique est un monde sans résistance, un monde fluide, ductile, un monde dématérialisé et par conséquent inexistant. On nous rebat les oreilles avec l'interactivité. Qu'est-ce que ça signifie ? Encore faut-il avoir quelque chose à exprimer, au risque d'être privé de la douceur de n'avoir rien à dire. Enfin, tout cela est un peu fatigant à la longue, la propagande incessante sur la cybersociété me lasse. D'ailleurs, je ne suis pas seul dans ce cas. Un mathématicien, Gilles Châtelet, a écrit un livre édifiant sur le sujet. Je vous le conseille, il est d'une grande salubrité. Cela dit, faisons la part des choses, Internet a son utilité : il joue le rôle d'un fixatif social, contribue à la pacification du monde par la création de communautés transnationales, renforce l'idée d'appartenance à l'humanité tout entière plutôt qu'à la tribu locale. C'est le bon côté de l'histoire. Le problème, encore une fois, c'est qu'on prend trop souvent le média pour le message. Cessons de nous émerveiller devant la technologie et revenons à l'homme ! C'est lui qu'il faut considérer, pas les machines. À ce sujet, il y a quelque chose qui m'intrigue, sur le plan économique. Je suis curieux de connaître le destin des sommes faramineuses qui sont injectées dans Internet. Il me semble qu'on est en pleine prophétie autoréalisatrice. On annonce à grands cris que ça va marcher, et du coup ça marche, chacun appuyant sa démarche sur la conviction du voisin. C'est un peu la vieille méthode Coué qui est à l'œuvre. Cela me fait penser à ces personnages de dessin animé qui courent dans le vide et se maintiennent en l'air tant qu'ils ne regardent pas en bas. Que se passera-t-il lorsque les premiers investisseurs d'Internet regarderont vers le bas ? Vers la *bottom line* de leur compte d'exploitation ?

« Ça me rappelle aussi cette histoire racontée par Werner Heisenberg. Près de sa maison de vacances, un voisin avait accroché un fer à cheval au-dessus de sa porte. Quand Heisenberg lui demanda : “Es-tu donc superstitieux, crois-tu vraiment que ce fer à cheval te portera bonheur ?”, l'autre répondit : “Bien sûr que non ! Mais on dit que ça marche même si on n'y croit pas.” Finalement, c'est tout le problème de la foi qui est posé, de la foi hégélienne dans le progrès. Il n'y a pas plus superstitieux que les gens sérieux, les informaticiens et les financiers par exemple…

— Voyons, Eugène, voilà plus de cent ans qu'on nous rabâche ce discours, qu'on nous prévient des prétendus méfaits de la technologie ! Elle a pourtant accompli des prodiges en ce siècle...

— ... Et provoqué bien des catastrophes. J'accepte volontiers la machine à café, mais j'ai une forte réticence vis-à-vis de la bombe à neutrons. À vrai dire, ce n'est pas tant la technologie qui pose problème que l'usage qu'on en fait. On rejoint la question de la responsabilité. Aujourd'hui, les hommes sont débordés par la technique, ils sont devenus ivres de leur propre puissance, fascinés par leur pouvoir d'extension qu'ils croient illimité et qu'ils s'imaginent contrôler. Mais la machine a pris les rênes, notamment la machine informatique qui accentue la dimension systémique de l'organisation sociale. On ne sait littéralement plus où est passé le responsable. Et si c'était l'ordinateur ?

« Regardez l'histoire du sang contaminé. Qui est responsable ? Qui est prêt spontanément à répondre aujourd'hui de ce qui est hypocritement désigné comme un “dysfonctionnement” ?

D'ailleurs, le terme lui-même, par sa connotation mécaniste, résonne comme un aveu d'impuissance. On veut bien trôner derrière des bureaux Louis XV dans des palais nationaux dignes de l'Ancien Régime mais, quand il s'agit d'assumer la responsabilité d'un "dysfonctionnement", on regarde les mouches voler ou, mieux, on prend un air catastrophé devant les médias : "Comment cela a-t-il pu se produire ?" On rassure l'opinion avec la plus grande fermeté : une commission d'enquête fera la lumière sur l'affaire au plus vite. Et, évidemment, on ne voit rien venir sinon des petites peines sursitaires infligées à des lampistes, cinq ans plus tard.

« Quand je dis qu'il faut donner, ce n'est pas par pur principe moral, ce n'est pas du prêchi-prêcha, c'est simplement parce que c'est la seule solution pour s'en sortir, pour mettre un terme au gaspillage effréné, pour retarder la catastrophe finale. Il s'agit d'abord d'une solution pratique, parce qu'il n'existe pas d'alternative. Notre société surconsommatrice n'a pas d'autre choix que de réviser radicalement son mode de fonctionnement. C'est une véritable révolution qu'il lui faut accomplir. Si on ne pense pas autrement la vie collective, on va droit dans le mur. Regardez autour de vous toutes ces bagnoles envahissantes, cette débauche d'énergie. Mais le système aujourd'hui est construit de telle manière qu'il n'y a pas de chefs capables de le reconnaître, de manifester clairement et publiquement une telle lucidité. Au contraire, les dirigeants des démocraties occidentales s'abstiennent de faire la moindre projection à long terme. Ils n'ont pas de vision, ils gèrent au jour le jour, en temps réel, au plus près, un œil fixé sur Wall Street et l'autre sur les sondages d'opinion. Il n'y a pas de projet collectif proposé au citoyen sur la façon de vivre ensemble, pas de vision commune de l'avenir. Les politiques font des promesses électorales insensées, coupées des réalités, des promesses intenables, clientélistes, qui les discréditent. Quels grands débats agitent la société française, quels projets mobilisent la fine fleur de l'élite politique et intellectuelle du pays ? Les 35 heures, le PACS... Vastes sujets ! Ce n'est plus de la philosophie politique, ce n'est d'ailleurs même plus de la politique. C'est de la mercerie.

— Il est peut-être un peu facile de tout mettre

sur le dos des élites. Vous pensez sérieusement que ces gens sont à ce point irresponsables ?

— Non, bien sûr. Ces hommes sont souvent dévoués, compétents, pleins de bonne volonté. Mais ils sont coupés du réel, ils vivent entre eux, dans des tours d'ivoire. Ces hauts fonctionnaires au statut privilégié ne peuvent même pas imaginer ce que c'est que de faire vivre une famille de cinq personnes avec quatre mille francs par mois. C'est pour eux une abstraction, et pourtant le lot commun de plusieurs centaines de milliers de familles dans ce pays. Ces « grands décideurs » ont des chauffeurs, des gardes du corps, des attachées de presse, ils se cooptent entre eux, fréquentent les mêmes clubs, ne travaillent que sur dossiers, réfléchissent sur des chiffres, des ratios économiques, des bilans. Ils sont ficelés dans les rets de la Realpolitik. Ils font ce qu'ils peuvent et ils peuvent peu. Il y a belle lurette que les intérêts particuliers ont pris le pas sur l'intérêt général, parfois même à leur insu. On en a pour preuves les affaires du sang contaminé, de l'amiante ou de la vache folle. Dans tous les cas, les intérêts économiques ont primé sur les impératifs de santé publique. Le véritable problème, qui suscite une telle impéritie, c'est encore et toujours l'avidité, la volonté de puissance, le toujours plus, le progrès illimité en marche, la recherche d'efficacité maximale sous l'empire de la raison instrumentale... Et on peut mettre dans le même sac les All Blacks et leur *haka*, les commandos à bretelles de Goldman Sachs. Ils sont tous menés par leurs hormones, on n'y peut rien. La testostérone mène la danse, dans les bureaux comme dans les stades. Il faut vaincre, peu importe qui, et on ne sait pas bien pourquoi, mais il faut y aller, leur mettre la pâtée, les aplatir, les ratatiner. C'est ce phénomène qui rend les droits de l'homme inapplicables et même un peu ridicules. La fascination de l'homme pour la force brute est irrésistible, hélas. Et ça ne s'arrange pas avec le prétendu progrès, au contraire. Le progrès est l'expression même de la force. Vous connaissez le slogan du film *Star Wars* : « Que la force soit avec toi. » Voilà le credo triomphant de l'humanité, à l'aube du troisième millénaire. Les jeux du cirque n'ont jamais cessé. D'ailleurs, je m'étonne que les pauvres restent aussi calmes. Je me demande ce qui les empêche d'exiger davantage de considération, par la force, ne serait-ce que par celle du nombre. Pourquoi l'immense cohorte des démunis est-elle silencieuse ? Pour moi, c'est un mystère. À moins qu'il ne s'agisse du calme avant la tempête...

Une expression me revient en mémoire : « tempête sous un crâne ». Et c'est bien une tempête qui se lève sans cesse dans le cerveau d'Eugène. Ses idées jaillissent comme des éclairs, sa pensée tombe comme la foudre. Je suis littéralement lessivé.

Minuit approche. J'éprouve soudain l'envie de sortir et d'échapper à l'air vicié de la brasserie pour respirer celui de la rue, fût-il pollué. Il ne reste plus une goutte de Cristal.

— Et si nous allions prendre l'air, Eugène ?

— Vous avez raison. Assez bu comme ça.

Je demande l'addition et, sans y jeter un coup d'œil — coupable désinvolture de nanti —, je tends ma carte Premier au garçon. Eugène fait un dernier câlin, particulièrement démonstratif, au chien du café. Celui-ci, tout en lui léchant la barbe, lui a collé les deux pattes avant sur les épaules, à croire qu'ils s'apprêtent tous les deux à entamer une java. Les clients rient de bon cœur et nous saluent avec amitié quand nous quittons les lieux en bon ordre.

Nous marchons sur le macadam avec lenteur, d'un pas hésitant, grisés par l'alcool et la conversation.

Boulevard des Italiens, en face du Grand Café, de l'autre côté de la voie, nous apercevons un banc public. Nous allons nous y asseoir.

Il y a dans l'air, sur le visage des passants, dans l'expression des automobilistes, une tension palpable. Tout Paris semble crispé sur les quelques minutes qui nous séparent de l'an deux mille. La ville retient son souffle et moi, requinqué par l'air vif, je retrouve le mien, et mes esprits avec. Lentement l'effet de l'alcool se dissipe. Je me sens paisible. Eugène semble rêver, la tête dans les nuages noirs qui s'amoncellent au-dessus de l'Opéra. Au loin, la tour Eiffel clignote de myriades d'ampoules multicolores.

— Vous rêvassez ?

— Vous êtes un causeur impertinent, mais de bonne compagnie, Louis. Vous êtes finalement moins bête que vous n'en aviez l'air quand vous vous emmerdiez dans votre carrosse à trois mille balles de l'heure.

— Votre compliment me va droit au cœur. Mais dites-moi... Vous n'avez pas peur de passer pour un attardé, avec votre réquisitoire contre les élites, l'argent, le progrès, la modernité, Internet, le tourisme, et j'en passe ? Vous êtes quand même un sacré négateur, non ? Pourtant il existe encore de grands moments de joie collective. Tenez, regardez la Coupe du monde de foot, comme les gens étaient heureux d'être ensemble, ils exultaient, ce n'était pas formidable ? N'était-ce pas un grand moment de réconciliation nationale ?

— Bah, le sport sert à fabriquer de l'euphorie collective, il colonise l'existence au détriment du reste. « Le temps est création ou il n'est rien », disait Bergson, et le sport occupe l'imaginaire des peuples, les laissant épuisés pour tout autre projet commun. D'où la disparition des fêtes de village, à cause du « match à la télé ». Les rassemblements sportifs compensent le vide existentiel, ils servent à se rejouer la grande scène primitive de la vibration communautaire. Dans le sport de haut niveau, on n'aime pas l'homme tel qu'il est, on est obsédé par l'homme tel qu'on voudrait qu'il soit. On n'aime pas la « créature de Bon Dieu », on veut créer l'homme nouveau, comme toujours, à partir du génie génétique et de la pharmacopée. Or le culte de la performance s'exerce au détriment du charme. L'efficacité n'a pas de charme, elle est foncièrement utilitariste, obsédée par sa finalité, c'est-à-dire la réussite. Le charme, c'est le temps disponible, les pavés disjoints, l'herbe folle, la diversité des corps, la lenteur, c'est un autre monde où l'important n'est pas de gagner mais d'*être*, tout simplement.

— Vous êtes un sacré rabat-joie, Eugène, vous semblez n'aimer rien de notre époque. Vous crachez quand même un peu dans la soupe, non ?

— Peu m'importe. Si la soupe n'est pas bonne, il ne faut ni la boire, ni cracher dedans, il faut renverser la soupière. Sous prétexte qu'il faudrait être souple, s'adapter à l'évolution des temps sous peine d'être ringard, on s'adapte à des bêtises, à n'importe quelle ineptie. Je préfère passer pour ringard et il m'indiffère d'être moderne. Je ne suis pas sous le charme des nouveaux sophistes qui s'emploient à tout justifier au nom du pragmatisme, je ne suis pas prêt à accepter n'importe quelle aberration et à la considérer comme une évidence sous prétexte qu'elle représente l'idée dominante et qu'elle génère du chiffre d'affaires. Je n'ai aucune inhibition sur ce plan. Pour moi, la perte de l'esprit critique est la première marche de l'escalier qui mène à la perte de la liberté, à l'échafaud du décervelage. Et la règle majoritaire ne m'impressionne pas, elle joue toujours contre le mieux. C'est le problème de la complicité collective. Toute communauté, toute société humaine repose sur la « complicité d'un crime commis en commun ». C'est ce qui rend éminemment suspecte l'opinion du plus grand nombre. Comme le soulignait Kafka, pour être, « il faut faire un bond hors du rang des assassins »... Bien sûr, c'est un choix difficile, vous avez tout le monde sur le dos. Non seulement vous ne jouez pas le jeu, mais en plus vous risquez de déstabiliser le groupe social...

— Vous pensez que l'équilibre social aujourd'hui peut être rompu ?

— L'équilibre social n'est pas un immobilisme ni un état d'harmonie présupposé, c'est un équilibre des tensions et des forces qui s'opposent et se neutralisent. Il ne se décrète pas, sauf dans les dictatures. Mais lorsque la confrontation des forces s'exaspère, on se trouve exposé à un effet pervers, à une forme d'excès de démocratie, ce qui amène inéluctablement à l'arbitrage du tyran. D'où la nécessité de maintenir le critère de tolérance comme critère absolu de la vitalité démocratique. Et la tolérance, ça s'apprend, c'est une question d'éducation. L'homme n'est pas naturellement tolérant. Il suffit de passer une heure dans une cour d'école, à la récréation, pour s'en apercevoir. Sur ce point, il ne faut jamais abdiquer. La tolérance est la première vertu à enseigner au petit homme, et point n'est besoin d'être un grand intellectuel pour la pratiquer. C'est d'autant plus important que, à la différence des siècles passés, l'intolérance, qui était essentiellement idéologique, est devenue épidermique. Sous la pression de l'urbanisation, l'homme moderne, confronté à la promiscuité des mégalopoles, ne supporte plus ses semblables, le phénomène relève presque de l'allergie. C'est plus grave qu'autrefois parce que plus difficile à combattre. Il faudrait commencer très tôt, dès la maternelle. De ce point de vue, la responsabilité des instances éducatives est énorme.

— Et les intellectuels, justement, vous ne croyez pas qu'ils ont leur rôle à jouer, qu'ils peuvent ralentir les dérives du système ?

— Si vous voulez parler de ces trois cents personnes qui vivent à Paris dans les sixième et septième arrondissements, blottis à l'abri des maisons d'édition, vous allez me faire rire. L'intellectuel ça n'existe pas. C'est une invention parisienne, de la poudre de perlimpinpin... Ces gens-là ne représentent plus rien, ils n'ont aucun pouvoir sur le cours des choses. Ils vont à la soupe et sont stipendiés par les médias qui appartiennent tous à de puissants groupes financiers. Ceux qui hier encore résistaient se sont suicidés ou ont été discrédités par l'histoire. À moins qu'on ne leur ait cassé les reins. Il n'y a plus aucune résistance des intellectuels aujourd'hui, seulement de la complaisance et des ronds de jambe à l'égard de l'argent et du pouvoir. Si ça vous intéresse, lisez le bouquin de Régis Debray sur les intellectuels français, c'est un requiem. Il utilise même le terme d'intellectuel terminal, on ne saurait être plus clair, non ?

— Vous êtes féroce. Un vrai chien !

— Méfiez-vous, je peux mordre ! Mais vous avez raison, je m'emporte, j'exagère. Cela tient à ma nature de dépité chronique. Ces pauvres intellectuels sont plus impuissants que désagréables, en fait. Mais c'est justement leur impuissance qui me met en rage. Cela dit, je n'éprouve aucun mépris pour eux. En réalité, ces intellectuels sont démonétisés depuis la fin du marxisme. Il ne faut pas oublier que le siècle a été marqué par la prédominance des sciences de l'homme : psychanalyse, linguistique, sociologie, ethnologie et anthropologie. Ces sujets qui mobilisaient l'attention il y a encore dix ou quinze ans sont maintenant complètement dépassés. Le marxisme est dans le coma, la psychanalyse est marginalisée, la linguistique n'est plus porteuse d'aucun paradigme, et l'ethnologie ne se remet pas de la disparition de son objet : les sociétés primitives. Nous vivons désormais sous le règne de la technologie triomphante et du matérialisme biologique. Les intellectuels sont séchés sur place, disqualifiés. Ils n'ont plus rien à proposer, et certainement pas la moindre utopie collective. Leur fonds de commerce s'est volatilisé, et moi pendant ce temps je fulmine, je soigne ma colère. Mais je dois reconnaître qu'elle est vaine la plupart du temps, qu'elle fatigue les autres, ce qui fait de moi un solitaire.

— Je dirais plutôt un misanthrope...

— Peut-être, mais un misanthrope souriant, ou plutôt bienveillant. Un misanthrope de bonne volonté, à la manière du Bouddha. On n'y croit pas mais on reste calme, doux, et même attendri par l'humain qui patauge dans la complexité de l'existence, voilà la pose idéale. Évidemment, ce n'est pas mon cas. Je n'y parviens pas. Je n'ai pas le sens de la résignation qui fait les bons misanthropes. Je ne peux pas m'empêcher malgré tout de croire en l'homme et du coup je m'énerve, je suis toujours au bord de l'émeute... Je serais plutôt, à bien y réfléchir, un philanthrope exaspéré.

— Élites discréditées, 35 heures, embouteillages, dysfonctionnements, Internet... on se croirait au journal de 20 heures. Je me demande si ce n'est pas d'une banalité à faire pleurer les singes, tout ce qu'on se raconte...

Eugène hausse la voix, il a l'air de s'emporter à nouveau. Nous avons bonne mine tous les deux sur notre banc public à disserter sur les malheurs du monde alors qu'autour de nous les groupes de fêtards défilent en braillant à pleins poumons. Eugène reprend :

— On ne peut pas se contenter de pérorer sur le mal, le sacré ou la joie. Une philosophie en action se doit de mettre la main à la pâte. Il ne suffit pas de citer Nietzsche ou Diogène à tout propos, de s'enivrer d'absolu avec Cioran ou Gottfried Benn en prenant des poses de penseur stratosphérique. Il faut être concret, présent dans le siècle, se salir les mains. C'est une question de cohérence.

— À vous entendre, on a l'impression que les hommes sont irrémédiablement perdus, tournés vers l'erreur. Vous, le philanthrope exaspéré, qu'est-ce qui vous exaspère le plus chez eux ?

— L'ambition. Tout le mal vient de là. Les véritables ordures sont très rares, la méchanceté pure est exceptionnelle. La plupart du temps, on est confronté à des ambitieux irresponsables. Ils croient comme des forcenés au progrès illimité, ils veulent se dépasser, réussir à tout prix, et c'est ce qui les rend irresponsables. L'irresponsabilité est le fléau poisseux dont l'humanité n'arrive pas à se débarrasser. C'est elle qui a permis au nazisme de prospérer : un homme ambitieux qui s'appuie sur un parti ambitieux qui s'appuie sur la lâcheté ordinaire et la passivité du troupeau, et vous obtenez un précipité chimique, un mélange détonant. Vous comprenez, le mal n'est pas tant un problème de méchanceté foncière que de chimie sociale. C'est ce phénomène qui faisait dire au Christ, le fils de Dieu qui avait vécu parmi les hommes : « Pardonnez-leur, ils ne savent pas ce qu'ils font. » C'est pour cela que j'ai beaucoup d'admiration pour les inaccomplis, ceux qui ont eu le courage de s'effacer sans chercher à laisser de traces.

— Au fond, vous êtes très proche de Cioran.

— Oui, mais je n'ai pas son talent d'imprécateur. Et puis Cioran était un pessimiste absolu. Il ne croyait pas du tout en l'homme. Pour lui, l'espèce était déchue à jamais. C'était sans espoir, foutu, liquidé. Le caractère définitif de son constat, allié à une prose superbe de rigueur et de précision, en fait un penseur de premier plan, mais le problème de Cioran, à mes yeux, est qu'il instruisait le procès de l'homme exclusivement à charge. Un mec qui passe à proximité de l'église Saint-Germain, dont les portes grandes ouvertes laissent échapper une musique glorieuse, et qui préfère aller dans un cinéma porno pour constater la débâcle de l'esprit humain témoigne quand même d'un sacré parti pris. Sans compter que je ne suis pas certain que la décadence soit le fait du porno et que la vitalité soit nécessairement du côté des bigots, même soutenus par de la musique glorieuse. N'empêche, Cioran reste quand même un type exceptionnel par sa sincérité et sa rigueur. Il a vécu toute sa vie comme il pensait, il a eu une vie de philosophe, une vie unifiée, cohérente, mais il n'a rien proposé à l'homme, pas de solution, aucune voie. De ce point de vue, et quoi qu'il en ait dit, il était proche du nihilisme. Il s'intéressait à l'humain, au phénomène humain, mais pas aux hommes, il n'avait rien à leur proposer. Pourtant, il est une excellente lecture pour les dépressifs. Bizarrement, il les requinque. Ceux-là sont tout étonnés et finalement ravis de constater qu'il y a plus désespéré qu'eux. Je le recommande à tous ceux qui ont du vague à l'âme. En plus il est drôle et jamais ennuyeux.

— Pour vous, la pornographie n'est pas un signe de décadence ?

— Vous qui craigniez que nous ne soyons trop prosaïques, voilà que vous devenez trivial ! Le porno, ce n'est pas le pire, c'est le vide. S'il exerce une fascination, elle est de nature judéo-chrétienne. La pensée cynique n'a pas de problème avec l'obscène, au contraire. C'est tout le problème du péché et de la rédemption qui est posé. La fascination du prétendu pire a pour objet de mettre en relief le prétendu meilleur, de l'exhumer, de l'amener à fleur de conscience pour faire de bons chrétiens, voilà à quoi sert le porno en Occident. Je choisis le bien après avoir côtoyé le mal, l'insondable m'a donné le vertige, mais c'est promis, je resterai tranquille comme un bon garçon, impeccable, c'est-à-dire sans péché. Le porno, c'est cet exercice de mortification de la chair qui, sous prétexte de la glorifier, l'exhibe et l'écartèle. Cette chair indifférente en laquelle réside le mystère de la reproduction, cette chair qui s'ouvre et se livre jusqu'en ce point ultime, cet orifice où l'on contemple le vide, la faille définitive, la béance matricielle où vient mourir le désir et où la vie prend sa source. Le porno n'est jamais qu'un conte de fées pour adultes, fait de terreurs et d'enchantements, un magasin de jouets où tout semble possible et où pourtant on touche enfin du doigt — sur la télécommande — son impuissance irrémédiable, où l'on aborde fiévreusement les limites de sa capacité à toiser l'insondable et, en définitive, l'invisible. L'organique palpitant et suintant fait illusion, le temps de quelques images salaces, épicées, nouvelles, mais il ne délivre aucun secret, ne révèle aucun mystère. Au contraire, à la fin de la projection, on sait enfin qu'il n'y avait rien à voir, et c'est ce qui est atroce. En ce sens, le porno est porteur de sens, de sens unique, de voie sans issue. Voilà le point de vue d'un chien sur l'obscène, et les chiens s'y connaissent.

— J'en conclus que l'obscène est… utile ?

— L'obscène est comme le reste, il n'est qu'une illusion, mais une illusion taboue. C'est ce qui le rend intéressant, obscurément désirable pour celui qui est maintenu en état d'irresponsabilité, infantilisé et contraint de se tenir à l'écart des « choses sales », alors qu'elles ne sont ni sales ni propres. Elles sont ce qu'elles sont, c'est-à-dire peu de chose. La valeur de spectacle du coït est quasi nulle. Même si, sous la pression hormonale, on ressent quelques palpitations, on reste éberlué de découvrir que ce n'était que cela, des frottements de muqueuses, des succions ridicules, des histoires de pistons et de tuyaux… Mais l'essentiel est ailleurs. N'oublions jamais que la principale jouissance de l'homme, c'est la profanation. Cela tient à sa compétition avec Dieu. Alors, il met son nez partout, dans le ventre des femmes comme dans l'hélice de l'ADN. D'ailleurs, la science est la forme ultime de la profanation, la jouissance suprême. Le voyeurisme génital et les manipulations génétiques procèdent en somme de la même hystérie — j'emploie ce mot à dessein. Ainsi le porno n'est-il qu'un avatar d'un processus majeur. L'homme veut savoir, tout savoir, tout voir, et à tout prix. Bien sûr, le prix à payer est exorbitant. Tenez, à l'heure des manipulations génétiques, on en est à supposer que le sida serait le résultat d'une erreur de manipulation dans un quelconque laboratoire qui préparait des vaccins en Afrique. Mais voilà, l'apprenti sorcier ne peut pas résister à la tentation de tripoter ses alambics, d'accroître indéfiniment ses connaissances. C'est la malédiction originelle, l'arbre du jardin d'Éden auquel il ne fallait pas toucher. Et, plus l'homme apprend, plus il découvre, plus il sait et plus il souffre de son impuissance fondamentale. Plus il avance et plus il s'aperçoit qu'il est seul et abandonné dans un cosmos illimité. Comme dans le porno, plus il voit et plus il s'aperçoit qu'il n'y a rien à voir. Et moins il bande. D'où la nécessité de se créer de nouvelles aventures, de s'inventer de nouvelles frontières, des buts à atteindre, de briser la matière au plus profond d'elle-même dans des accélérateurs de particules gigantesques pour traquer l'esprit, le débusquer coûte que coûte. À la période gothique, c'était déjà l'objet de l'épouvantable quête de Gilles de Rais, le démoniaque compagnon d'armes de la sainte pucelle, qui tentait de saisir le mystère de la vie dans les viscères encore fumants de ses victimes. Depuis, le microscope électronique à effet tunnel a pris le relais, c'est plus civilisé, aseptisé même, mais le principe est le même. Il est là, le tragique de l'homme, dans cet irrépressible besoin de savoir, cette recherche frénétique de l'état de conscience. Pourtant, dès que vous prenez conscience de quelque chose, le sentiment que vous en avez s'en trouve affaibli. Vous en savez quelque chose, Louis, vous qui avez accès à tout et n'avez plus goût à rien. Une formule de Sénèque résume bien le phénomène : « Jusqu'alors les Romains s'étaient contentés de pratiquer la vertu, tout fut perdu quand ils se mirent à l'étudier. » Quand ils se mirent à l'étudier, l'Empire commença à se désagréger…

— Et pour échapper à cette malédiction, si je vous ai bien compris, vous préconisez le don. Croyez-vous qu'il suffise ? Qu'il suffise à combler le vide ?

— Oui, parce que, ainsi, vous évacuez

l'angoisse, vous oubliez vos obsessions, vous ne vous placez plus au centre de votre pensée. Mais, pour que la démarche soit efficace, il faut donner sans que ça se sache, de façon anonyme, sans espoir de retour. Ni récompenses ni félicitations. Il faut que cet anonymat joue à tous niveaux, chez le receveur comme chez les observateurs potentiels. Vous devez être seul à savoir que vous avez donné. Cela élimine l'artifice, la mise en scène, l'autocomplaisance. C'est très important. Donner sans témoin, sans médaille et sans honneurs, donner pour soi-même, c'est dans cette forme ultime du don que vous trouverez la joie la plus pure. Et tant pis si vous ne vous offrez pas en exemple. L'exemple sera dans la parole de celui qui a reçu. Ainsi le monde sera réenchanté, par le geste...

Pendant qu'Eugène parle, je ne peux pas m'empêcher de dévisager les gens qui passent devant nous. Quels obscurs désirs sont tapis sous leurs belles apparences ? Quelles aspirations sous ces crânes chapeautés ? Et surtout, quelle capacité à donner derrière ces mines en goguette ?

— Eugène, vous rêvez.

— Certes, je vous le concède, la voie que je propose est semée d'embûches. Pour pouvoir donner avec facilité, il faut d'abord désapprendre la possession, cesser de se crisper sur ses propriétés, sur ces objets sacralisés qu'on accumule et qu'on collectionne avec fébrilité. Il faut savoir s'en libérer, ne plus être assujetti à ces manifestations d'angoisse que constituent d'une manière générale ce qu'il est convenu d'appeler ses « biens ». Les biens en question ne servent qu'à colmater le vide et, évidemment, ils n'y parviennent pas. Ils exaltent le sentiment de puissance au moment de leur acquisition, ils flattent l'amour-propre de leur propriétaire quelque temps, et ensuite ils l'encombrent pour l'abandonner définitivement à l'heure de son trépas... Il aurait mieux valu pour lui les offrir de son vivant, il aurait égayé sa vieillesse, vous ne croyez pas ? À ce sujet, je ne peux résister à l'envie de vous citer ce vers de Marceline Desbordes-Valmore : « Tant que l'on peut donner, on ne peut pas mourir. » Formule fulgurante, célébrée par Baudelaire, que l'on devrait se graver sur le cœur. Je le répète, il ne faut pas donner seulement pour les autres, il faut donner d'abord pour soi, pour se sentir bien, léger, libre comme un jeune oiseau de mer en plein vol. C'est ce que disait Montaigne : « Ma conscience se contente de soi. » Et Baudelaire : « Avant tout, être un grand homme et un saint pour soi-même. » C'est la sauvegarde de la liberté intérieure qui importe. C'est soi-même qu'il faut nourrir d'intelligence avant de prétendre s'occuper des autres, et, aussi, afin de ne pas être vertueux au-dessus de ses forces...

— Vertueux au-dessus de ses forces ? Que voulez-vous dire ?

— C'est Nietzsche qui conseillait aux lecteurs de *Zarathoustra* de « ne pas être vertueux au-dessus de leurs forces ». Ironie, bien sûr. Il faut admettre qu'on a peu de chances d'en rencontrer à l'état naturel, de ces vertueux excessifs. Soyons honnête : on ne commence à avoir de la compassion pour les pauvres et les faibles qu'au moment de rejoindre leurs rangs. C'est seulement après avoir senti passer le vent du boulet de la précarité des choses que le nanti se met à réfléchir sur la condition humaine, à penser à autrui, à percevoir une identité de sort et à envisager le principe de solidarité. Avant, quand tout va bien, il s'en fout. Au contraire même, les pauvres font tache, ils dérangent la belle ordonnance de son environnement. Un SDF à Neuilly est insupportable. C'est pour cela que, pour apprendre à donner, il faut d'abord apprendre à manquer, à se satisfaire de peu. Apprendre à s'alléger soi-même, à se délester, se « mettre en état » en quelque sorte, et surtout éviter les ghettos de riches, ça c'est impératif, ne pas se regrouper par niveau de richesse. On nous parle toujours des banlieues à problèmes, mais Neuilly *est* une banlieue à problèmes. À problèmes opposés en somme, un scandale inversé, une provocation luxueuse…

À propos du luxe, je consulte négligemment ma superbe montre en or blanc de chez Blancpain. Il est vingt-trois heures trente. J'en profite pour faire une petite mise au point.

— En fait, Eugène, vous nous avez concocté de manière toute syncrétique une nouvelle recette philosophique. Une sorte de mariage audacieux entre les antiques préceptes hellénistes — détachement, frugalité, recherche de la vérité, pratique du doute —, qui ont pour objet d'atteindre à la plus grande vertu pour arriver au Bien, et les principes chrétiens fondés sur la compassion, le don, le partage du pain et l'attention à autrui, pour garantir le Salut de l'homme. Vous avez l'esprit large, Eugène, votre discours est un patchwork de la pensée occidentale. Mais votre philosophie du don me semble pourtant bien éloignée des préoccupations des cyniques qui n'étaient pas des tendres, ni du genre à faire des cadeaux à leurs contemporains, si ce n'est pour leur assener des coups de bâton ou leur adresser quelques vigoureuses diatribes...

— Eh bien, justement, c'était leur manière de donner, ils ne distribuaient pas de poisson, mais ils enseignaient la pêche, ils donnaient l'exemple, peut-être parfois de manière un peu trop virile, j'en conviens (rires). Les cyniques ne plaçaient pas le don au centre de leurs préoccupations parce qu'ils n'avaient aucun sens de la propriété, ils prônaient l'ascèse la plus rigoureuse, ce qui excluait *de facto* l'idée du don puisqu'ils ne possédaient rien et qu'ils proposaient à tous de vivre de la sorte, la nature se chargeant de pourvoir aux besoins vitaux de chacun. La pratique du don aujourd'hui, telle que je la recommande, tient, non pas de la morale, mais de la sauvegarde. Elle est la solution ultime, le seul antidote au gaspillage effréné, à l'accumulation de richesses par le plus petit nombre, à l'accroissement anarchique des dépenses énergétiques, à l'exploitation abusive des ressources naturelles, et enfin à l'inaptitude des hommes à vivre ensemble entassés dans des mégalopoles qui rassembleront dans les années à venir des dizaines de millions d'habitants. Tous ces problèmes n'existaient pas au temps des Grecs : ils n'avaient donc pas à se soucier de les résoudre. Ils n'étaient pas submergés par l'ampleur des problèmes collectifs qui se posent aux sociétés modernes, ils s'intéressaient donc davantage à l'individu qu'au groupe. Ce sont les grandes religions monothéistes qui ont pensé à la communauté des hommes. Voilà le sens même du mot *religion*, « ce qui relie », et c'est ce qui a assuré leur succès. Elles ont pris en charge le destin collectif. Là où les Grecs disaient : pour que la vie de la cité soit la plus heureuse possible, il faut que chaque membre qui la compose soit un citoyen responsable de lui-même, qu'il s'efforce de pratiquer la plus grande vertu pour parvenir au Bien, sans prendre nécessairement modèle sur les dieux — qui étaient d'ailleurs passablement turbulents, la mythologie en fait foi —, les grandes religions monothéistes, elles, ont dit : vous êtes faibles, vous êtes coupables du péché originel mais, si vous obéissez au dogme, Dieu vous guidera et surtout vous accueillera au paradis, dans l'autre vie, celle-ci étant définitivement compromise et même douloureuse. Respectez les commandements de la loi divine, donnez aux pauvres et le Royaume des cieux vous sera grand ouvert, mais n'attendez rien de cette vallée de larmes... Vous comprenez, ce n'est pas la même chose. Quand je dis que la pratique du don, fondée sur la plus grande frugalité de comportement, reste la seule voie qui s'offre à nous pour affronter l'avenir, je ne promets aucun paradis, ni même aucune reconnaissance pour qui que ce soit. Simplement je crois que la distorsion extravagante des niveaux de vie, exacerbée par la circulation frénétique de l'information, sera intolérable pour la multitude des démunis et débouchera, si l'on n'y prend pas garde, sur une catastrophe sociale d'une ampleur inimaginable.

Savez-vous par exemple que, selon le FMI, la moitié de la population mondiale vit avec 14 francs par jour ! Croyez-vous qu'elle pourra le tolérer encore longtemps ? On peut échapper à ce désastre, c'est une question de responsabilité, individuelle et collective. Individuelle avant tout, parce que la responsabilité collective n'est que la somme des responsabilités individuelles qui la composent. Mais il faut renoncer au simulacre, à cet infantilisme du « c'est pas ma faute », au « faire semblant », au « pas vu, pas pris », à tous ces petits jeux de cours de récré. Le jour est proche où il ne sera plus possible de se désintéresser du sort d'autrui, et il ne s'agit plus de se contenter de ne pas lui faire du tort : il faut maintenant lui faire du bien, l'aider, l'intégrer, partager, pour espérer s'en sortir collectivement. Croyez-moi, Louis, l'histoire de notre monde sera de plus en plus une course entre la prise de conscience et la catastrophe. À nous de décider, mais il faut cesser de gazouiller « vive le progrès ». Le progrès, ça ne veut rien dire. La barbarie affleure toujours sous le vernis. L'erreur est de croire que la civilisation est supposée progresser inéluctablement. Pourtant, un siècle après la création d'un tribunal pour enfants, à Chicago en 1899, les États-Unis décident en 1995 de traiter les délinquants juvéniles avec la même sévérité que les adultes et envoient des gamins de seize ans à la chaise électrique. Ça ne les empêche pas de se gargariser des succès de la cybersociété et de se pâmer devant la capitalisation boursière de Microsoft... Encore une fois, les hommes qui amassent ne sont pas pour moi des « hommes supérieurs ». La seule façon pour l'homme de se surmonter, d'exercer sa volonté de puissance, de se transcender, c'est de créer, de donner, de se donner, de ne jamais se ménager ni de chercher à s'économiser, de faire prévaloir le « oui » sur le « non », de miser sur ce que l'homme a de meilleur en lui, et surtout sur ce qu'il y a de meilleur en soi. L'âge d'or, qu'une superstition stupide place toujours derrière ou devant nous, est en nous, à nous de le faire advenir ; telle est notre responsabilité, et elle est plus que jamais impérieuse.

Eugène se tait. Je sens que notre conversation touche à sa fin. Il va enfourcher son vélo et disparaître dans la ville, indifférent aux clameurs de la capitale rivée à ses horloges. Je vais remonter dans mon triste carrosse et retrouver, avec un peu de retard, mes amis ou ce qui m'en tient lieu. Avec Eugène, nous ne nous reverrons sans doute jamais, à moins d'un improbable hasard. J'en éprouve du chagrin, atténué par la vivifiante lucidité que nos débats d'un soir m'ont procurée. Pour l'humanité, cet homme rare appartient à la race des veilleurs, et je remercie la providence de m'avoir permis de croiser sa route par une telle nuit. Je déborde de gratitude à son égard.

— En ce moment propice aux vœux, Eugène, quel souhait pourriez-vous formuler pour vous-même ?

— Devenir doux, impassible… Ça, je n'y suis jamais arrivé. C'était pourtant ma plus grande ambition. Que voulez-vous, moi, le dionysiaque, la posture apollinienne m'impressionne (rires). Malheureusement, je ne suis pas équipé pour cela. Question de tempérament. Trop de nerfs, trop de sang…

— Au fond, comment aimeriez-vous être défini ?

— Peu m'importe. Je ne tiens pas spécialement à être défini. L'important, c'est de se sentir libre. Bon, le temps passe. Minuit va bientôt sonner à la grande horloge. Vous allez finir par rater votre réveillon, vos amis vont s'inquiéter…

Dans la pénombre de cette nuit bleutée, les yeux d'Eugène ont des reflets dorés. Son haleine, saisie par le froid, fait comme une petite fumée qui s'échappe en volutes de ses lèvres et donne à son visage hirsute un aspect irréel.

— Vous y croyez, vous, à la liberté ?

— La seule illusion à conserver, c'est l'illusion de la liberté. Si on la perd, on perd tout… Allez, au revoir jeune homme, et merci pour ce superbe réveillon, ce fut un bonheur de bavarder avec vous.

Le vieil homme se lève prestement et, sans que j'aie le temps de réagir, tel un spectre, il se fond dans la foule et disparaît.

Ses dernières paroles résonnent dans ma tête. Il me semble avoir été l'objet d'une hallucination, ou plutôt d'une apparition. Je me sens vivant, joyeux, très éveillé malgré l'heure tardive — mais après tout, un réveillon n'est-il pas fait pour nous tenir en éveil ?

Il est minuit moins cinq, et le monde va basculer dans le troisième millénaire. J'ai alors le réflexe de contempler le ciel et j'aperçois, au-dessus de moi, entre deux masses de nuages noirs, scintiller d'un éclat singulier la constellation du Chien.

La bibliothèque d'Eugène

AURÈLE MARC, *Pensées*, Les Belles Lettres, coll. « Universités de France », 1947

BARTHES ROLAND, *Fragments d'un discours amoureux*, Le Seuil, 1977

BAUDELAIRE CHARLES, *Mon cœur mis à nu*, Mille et Une Nuits, coll. « La petite collection », 1997

BAUDRILLARD JEAN, *Cool Memories*, Galilée, vol. I (1980-1985), 1987, vol. II (1987-1990), 1990, vol. IV (1995-2000), 2000

BERGSON HENRI, *L'Évolution créatrice*, PUF, 1998

BERQUE JACQUES et JEAN SUR, *Il reste un avenir : entretiens*, Arléa, 1993

BOUVERESSE JACQUES, *Le Philosophe et le Réel*, Hachette Littératures, 2000

BYRON GEORGE (LORD), *Dictionnaire de Byron*, éd. de Leslie A. Marchand, Québec, La Bibliothèque, 1999

CHATELET GILLES, *Vivre et penser comme des porcs*, Exils, 1998

CIORAN ÉMILE MICHEL, *Cahiers, 1957-1972*, Gallimard, 1997

—, *De l'inconvénient d'être né*, Gallimard, 1983

—, *Entretiens*, Gallimard, 1995

Les Cyniques grecs : lettres de Diogène et Cratès, Actes Sud, coll. « Babel », 1998

DEBORD GUY, *La Société du spectacle*, Gallimard, coll. « Folio », 1996

DEBRAY RÉGIS, *I.F. : suite et fin*, Gallimard, 2000

DELEUZE GILLES, *Nietzsche*, PUF, 1999

ECKHART JOHANN, *Œuvres de Maître Eckhart*, Gallimard, 1988

EPICTÈTE, *Ce qui dépend de nous : manuel et entretiens*, Arléa, 1995

GLEICK JAMES, *La Théorie du chaos : vers une nouvelle science*, Flammarion, coll. « Champs », 1991

GUIRLINGER LUCIEN, *Éloge des cyniques*, Nantes, Pleins Feux, 1999

HADOT PIERRE, *Éloge de Socrate*, Allia, 1998

HAGÈGE CLAUDE, *L'Homme de paroles*, Fayard, 1996

HEGEL GEORG WILHELM FRIEDRICH, *La Phénoménologie de l'esprit*, Aubier, 1992
HEIDEGGER MARTIN, *Être et Temps*, Gallimard, coll. « Tel », 1986
HUSSERL EDMUND, *Idées directrices pour une phénoménologie*, Gallimard, 1985
—, *Méditations cartésiennes*, Vrin, 2001
—, *Recherches logiques*, PUF, 1993
JAY BRUNO, *Diogène ou Du plaisir solitaire*, Nantes, Pleins Feux, 2000
KAFKA FRANZ, *Le Procès*, LGF, coll. « La Pochothèque », 2001
—, *Journal*, Grasset, coll. « Les Cahiers rouges », 1996
KANT EMMANUEL, *Critique de la raison pure*, PUF, 2001
—, *Le Traité de pédagogie*, Hachette éducation, 1981
KIERKEGAARD SÖREN, *In vino veritas : un souvenir raconté par Viliam Afham*, Climats, coll. « L'Éclipse », 1999
LAOZI, *Tao Te King*, Albin Michel, 1991
LE BRUN ANNIE, *Du trop de réalité*, Stock, 2000
LÉVI-STRAUSS CLAUDE, *Tristes Tropiques*, Plon, 1955 (rééd. Pocket, 1998)
—, *Race et histoire*, Denoël, 1967 (rééd. Gallimard, 1987)
—, LÉVY CARLOS, *Les Philosophies hellénistiques*, LGF, coll. « Le Livre de poche », 1997
MACNEIL ROBERT, *Le Fardeau du désir*, Belfond, 1993
MONTAIGNE (DE) MICHEL, *Essais*, PUF, coll. « Quadrige », 3 vol. , 1999
NAJARJUNA, *Traité du milieu*, Le Seuil, coll. « Points sagesse », 1995
NIETZSCHE FRIEDRICH, *Ainsi parlait Zarathoustra*, in *Œuvres*, Flammarion, 2000
—, *Ecce homo*, in *Œuvres*, Flammarion, 2000
—, *Le Gai Savoir*, in *Œuvres*, Flammarion, 2000
—, *Généalogie de la morale*, in *Œuvres*, Flammarion, 2000
—, *Par-delà le bien et le mal*, in *Œuvres*, Flammarion, 2000
PALANTE GEORGES, *L'Individualisme aristocratique*, Les Belles Lettres, 1995
PAVESE CESARE, *Le Métier de vivre*, Gallimard, 1957

REVEL JEAN-FRANÇOIS, *Pourquoi des philosophes ?*, Pauvert, 1957, (rééd. Laffont, coll. « Bouquins »,1999)
RIMBAUD ARTHUR, *Les Illuminations*, in *Œuvres*, vol. III, Flammarion, coll. « GF », 2000
—, *Une saison en enfer*, in *Œuvres*, vol. II, Flammarion, coll. « GF », 1989
RUELLE DAVID, *Hasards et Chaos*, Odile Jacob, 2000
RUSS JACQUELINE, *Le Tragique Créateur : qui a peur du nihilisme ?*, Armand Colin, 1998
SCHOPENHAUER ARTHUR, *Le Monde comme volonté et comme représentation*, PUF, 1998
—, *Essai sur le libre arbitre*, Rivages, 1992
SÉNÈQUE, *Entretiens*, Laffont, coll. « Bouquins », 1998
—, *Lettres à Lucilius*, Flammarion, coll. « GF », 1992
SHAKESPEARE WILLIAM, *Hamlet*, traduit par Yves Bonnefoy, Gallimard, coll. « Folio classiques », 1978
—, *Othello*, Gallimard, traduit par Yves Bonnefoy, coll. « Folio Théâtre », 2001
—, *Macbeth*, traduit par Pierre-Jean Jouve, Flammarion, coll. « GF », 1993
—, *La Tempête*, traduit par Yves Bonnefoy, Gallimard, coll. « Folio Théâtre »,1997
SLOTERDIJK PETER, *Critique de la raison cynique*, Bourgois, 2000
—, *Le Penseur sur scène*, Bourgois, 2000
SPINOZA BARUCH, *L'Éthique*, Gallimard, coll. « Folio Essais », 1994
STEINER GEORGE, *Entretiens*, 10/18, 2000
—, *Langage et Silence*, Le Seuil, 1969 (rééd. 10/18, 1999)
SURYA MICHEL, *De la domination : variations sur le capital, la transparence et les affaires*, Tours, Farrago, 1999
TAYLOR CHARLES, *Le Malaise de la modernité*, Cerf, 1994
VANEIGEM RAOUL, *Nous qui désirons sans fin*, Gallimard, 1998
VINCENT JEAN-DIDIER, *La Biologie des passions*, Odile Jacob, 1999

Impression réalisée sur CAMERON par

BRODARD & TAUPIN
GROUPE CPI

La Flèche

pour le compte des Éditions Ramsay
en septembre 2001

Imprimé en France
Dépôt légal : septembre 2001
N° d'impression : 9181
ISBN : 2-84114-551-4